母親の美学

厳しい時代、母と子供が過ごす
愛と感動の物語

堀口 進 著

翔雲社

はじめに

この小説に登場する「母」と「松太」一〇才、二才年上の「新五」の仲良し兄弟は、首都圏中央より北北東の地に生まれ、戦後六年を経過した年の早春から、休日を活用して三人揃って大自然の輝かしい絶景の中で過ごした。「キレイ」な小花が咲き、また小動物とのふれ合いの楽しさや自然の変化の厳しさなど、母は素晴らしい太陽光に輝く大自然の現場の中で、わかりやすく基礎となる教えを新鮮な頭脳に正しく入れ込み、一人前の大人に育つ事を期待して、年令に合わせて自立への道筋を順序よく教えてくれた。その、「正直」で「先見性」など数々の話が、母の体験を含めて語られている。

また現在頻繁に発生している問題行動を起こさない為に教える、文明社会における「デジタル」による教育も今後は大切であり、同時に「文化論的」に過去から続く大自然の美が永遠に我々の心に残り、今後共子供達に与え続ける事も重要でしょう。

目次

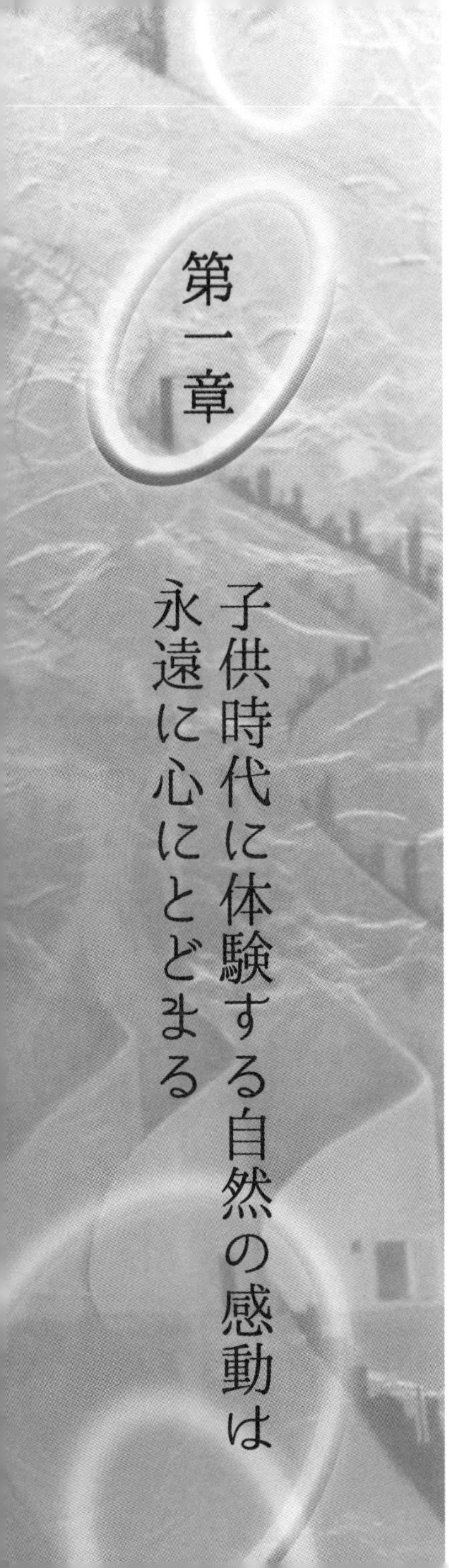

第一章

子供時代に体験する自然の感動は永遠に心にとどまる

白色がちらりとやわらかな、早春の陽射しをあび『白梅』の花が咲いているのが松太の目に映った。とても『キレイ』な輝きが感動的であり、「母さん、僕の心もキレイになるよ」と松太は思った。ほぼ満開の白い花びらが少々風に舞い、中心には黄色の粉を少々振りつけたように花の中心部分は金色で、花びらの白がより美しく映えていて、花をしっかり見つめる母は花の見方を無言で教えているように思えたのでした。

兄の『新五』も「花はこのようにしっかりと見なければ『ダメ』なのだね」、と母の目を見ながら言うとやや笑顔になり、「二人に心まで読まれてしまったね」と言った。

この白梅は二〇メートル程の幅の川の流れから一〇メートル程盛り上がったところに生えており、周囲は荒れた雑多の中小の木や篠が生えていて地盤はしっかりとしている。「その土手の内側五メートルの所のしっかりとした地面は、大木を何十年もささえる努力をしているのよね」と母はこの木について話し始めた。僕は思わず「この木、何年位か」と聞くと、「そうね、この白梅は母さんが少女の時から大きな木で、今の年令を加えると一〇〇年は過ぎているわね。現在も元気に毎年キレイな花を咲かせている頑張りやさんよね」と話しかけるように教えてくれた。

この大本の梅の脇右側には幅四メートルの「砂利道」があり、白梅の根元から二メートル上に道の中心の所と両側に芝草が生えている道路が通っている。のどかな日には、親子共々ゆったりと散歩をしている様子が見られ、およそ一日に三〇人位の通行人があり、たぶん五～六組の人達は、前方に広がる大自然美に目を奪われるものと思われる。

ここに生えている芝草は何度踏まれても枯れず、生命力の強さに僕は感心し、「母さん、この草の役割を教えて」と聞くと、「道路の土手が崩れないように守っているのよ、そして中心に生えている所は、車が通るので中側だけが残っているのよ！　芝草は人が踏んでも平気で育っている。植物によっては強い生命力があるのよ!!　君達も少々手足が石や木に当たったからと言って騒がず、がまんをするのよ！　また道路の左右に生えている草は土手が崩れないように、自らがんばっているのかもしれないね。その道の土手左側の一・五メートル程下った所に降りて、足元を確認するのだから、一人ずつ下へ行くのよ。まずは松太から始めるのよ!!」と母は言った。

道から下地までは角度がきつく、一・五メートルは厳しい。「降り方を考えないと滑り落ちてしまうよ」と母は小声で言った。僕は、「わかった、つま先にやや力を入れて踏み込めばだいじょうぶ!!」と言いながら四回足を踏んで、ぶじ降りられた。僕は母に教わらなかったら滑り落ちていたかもしれない。「母さん、ありがとう」と言うと、「最近素直に言う事を聞くようになったね」、と返され、褒めてくれたのかな、と少しうれしい気分になりました。兄は当然わかっているような身振りで降り始めたが、大失敗して滑り落ちてしまった。僕は兄に「自信があったのにね」と言うと、ちょっと怒ったような顔をしながら、母の言う事を聞けば良かったといったような顔付きで、「失敗、々々」と言いながらズボンの汚れと右側の足についた土を払っていた。母は「この汚れは土が乾くと手で叩けばほぼ落ちるでしょう」と言った。兄の顔は、母に「すみません」と声を出さず言っているように見えた。

三人は、根元に降りた所の太い根回りには驚いて、僕は兄に「木の太さをはかる為に両手を広げてちょうだい」と言い、二人で木を手をつないで調べてみたが、何と二人半位の手回りでした。二本とも同じ位で、黒っぽい濃い茶色で、木の根元から三メートル上から枯れているような小枝がそれぞれ一〇本ほど無造作に付いていて、「花の咲いている部分と比べて美の差が大きいね」と僕が言っていると、母は「二人共こっちに来て見て」と呼んだ。母は「ここに春眠からさめて芽吹きが始まっている若葉色した『フキのとう』が、大木の根元周辺三メートル程に点在して、それぞれ三〇本ほどキレイに咲き始めているよ」と言った。母に教えられるまで気が付かなかった僕は、見つめた先に咲く小花を見て、「特に露が付いている花は日光に当たり輝いているね」と言うと、母は天空を見て、「木と木のすき間があるよね！　あの所から朝露が下りたのね」と、上方を指し示して教えてくれました。

再び足元を僕は見つめ直し、「母さんは小さな美も見逃さないね」と言った。そして木の上方に咲く梅の美と、やや雑多な中で咲くの美の差こそあれ、「それぞれ互いに違いこそあれキレイだよね」と母は言いながら上方の道路に上り始めていた。「上りは下へ降りた時の逆で、足を動かすのは君達はわかっているね！」「あえて説明はしないよ！」と言うと、下りる時失敗した兄は、「今度は大じょうぶですよ！」と言いながら最初にはい上がって、僕が上がっているのをちらと見て、笑顔を見せていた。

楽しい気分で木の元から登り道路に出た。母はほっとして、額に少々出ている汗をタオルで拭き取り、「花の咲く時季に根元まで見渡したのははじめてよ！　君達も上と下を見ることは大切な事を知ったでしょう！」と言うと、兄は「こういう自然の成り立ちをつい見逃してしまいますよ、やはり一つ一つ梅の花についてじっくり見てみることは大事だね」と言っていた。僕も兄の言う事に感心したのでした。

そして道の上から再度白梅を見詰めている三人に、朝の澄んだ青空の上空に白梅の花はキレイに映えているのを見せてくれている。母は「梅は桜と比べやや花びらが少ないので、木から少し離れた位置で見ると美花さんよ‼」と女性らしい言葉が出て来て、「やや重なり合った所は少々濃くなり、木の盛り上がりを豊かにし、より美しく見えるのよ‼」と、花の見方を語った。僕は母の言う「美花」に感心し、「それではどの位離れれば良いのでしょうか？」と尋ねた。「そうね、二〇メートル位かな」と母は言いながら、早や今言った以上離れた所から見学している。

「本日はこの旬に出合い、そして香りは豊かで身も心も安らかになると母は絶賛しているのよ」と言い、再び親子三人で手をつなぎながら微風の春にふれ、香りを数十メートル先まで楽しんだ。僕は「梅よ！　ありがとう」との言葉が自然に出てしまった。兄に伺うと、「もちろん幸せだよ！」と言った。母は心を傷めた時など、この梅の色と香りを吸い込み、気持ちを安定させるのにとても良いのだと言った。「梅よ、ありがとう」という思いをこめて両手を合わせている母の姿がごく自然に僕の目に入って来て、僕も腰の当たりで両手を軽く合わせていた。

僕は「梅の花について、母さん、もっと教えて」と言いましたら、「そう!!　それでは」と、話し始めた。「近所の家に中木に咲く花は、白梅だけでなく薄い赤紫の色もある。松太、ちょっと左にある家の垣根脇に中木の白梅が咲いているのが見えるでしょう」。僕はちょっと背伸びをして、見える見えると言い、やはりただ白っぽい花としか見ていなかったが、母に教えていただくと、何軒か庭先に咲いているのが見えた。きっと花や香りを届けているのでしょうと僕は思い見つめていると、母は「白梅は早めに咲くけれど、赤紫色の花を咲かせる梅は、半月ほど後に咲くのよ!!」と教えてくれた。

三人はまた大木の梅のところに戻って、この木の話を引き続きしている。「この白梅は一月初旬から二月中頃まで、なんと二カ月間程、大きな白梅は道行く人々の全身に豊かな香りを春のそよ風に乗せて広げ、穏やかな感情を盛り上げている梅よ！　ありがとう」と母は再び言うと、僕は母がいつも言っていたように、天気の良い日を活用し自然の中に身を置き、清める大切さを現場で感じ取れる事を教わった。

僕は「母さん、また次の花を教えて」と言うと母は「うん、いいよ、また次の花の話をしようね」と言った。そして次に咲く春本番の花、梅から『桜』へと移り行き、「満開の桜に出合う時がやって来たのよ！　陽に当たる部分は明るい薄色ピンクで、やや中側に入り込んだ枝に咲いている所は、少々色が濃く見え、花の明暗が桜花、全体の広がりを大きく見せて、とてもキレイに見えるわね」と、母は軽く拍手をした。今日はまだ午前中なので見物人が少なく、絵を画いている画家さんもいる。僕も以前、桜の花を画いたが感情に誘われるほどキレイな咲き方に感心して、花だけでなく周辺の風景も見ていた。僕はこんなにキレイな花に遭遇出来たのは幸せだと思った。絵を画いている人に近づくと迷惑になると思い、四メートル程離れた所から眺めていた。花を主役に『写真』『絵画』や多くの『名曲』が作曲され、歌は子供からお年寄りまで歌われ、唱歌にもある。とても魅力的な桜が、今年も本格的な自然美を演出してやまないと、母は幸せそうに言いながら僕の肩を軽く叩いた。

僕は母さんが楽しい顔を見せたので、「いい顔しているね」と言うと、「そう、やはり表情に出ているのね、松太も人の感情が少しわかるようになったのね、君達が自然を眺めた時に何かを感じてくれれば一歩前進ね。よかった、よかった」と言ってくれました。

そして桜前線に乗り心を弾ませ、それぞれの花見所は、見物の人々で賑わっていた。川のほとりの両側に咲く花達は、水辺まで垂れ下がり、水面に二重に映り、水に映える陽光は見ごたえを倍増させている!!

「年令の高い方、身体の動きを制限された人達は、見やすい所に咲く一本桜や、小さな子供は遊びに行く公園で、親子共々花に手をのばし、間近でこの花の形なども見ているのよ！　そうそう、この五弁の花ビラの形が小学生の制服のボタンと、学帽の記章に使われているのよ！」と母の声が五メートル先から聞こえて来た。僕は家に帰ったら確認しようと母に話をしている所へ、タイミングよく小学生に出合った。三人共金色ボタンを付けて近づいて来たので僕は、「君達ちょっと、学生服のボタン見せてね！」と呼び止め、確認した。「ああ本当だ、桜の花の形で作られている！」。僕は感心してボタンを見直し、毎日使っている学生服もよく見ていない自分に言い聞かせた。『何事』にも、もっと感心を持つようにしなければ、と自分の胸を軽く叩いていた。母はうなづきながら桜の話を僕等に順序よく語ってくれた。そして『やっと』笑顔を見せ、僕に何か話したそうに感じられたので、母の心をさぐった。その顔は花見に行こうと言っているように感じられた。

そして、「近くでちょうど見頃の花見の場があるからね！」と言った。母は子供達に花に浮かれている顔付きをしていたのを見抜かれてしまった！　という顔付きであった。しかも、すでに隣に住んでいるおばあちゃんをいつものように誘って、四人で花見をする約束が出来ていた。「今年は松太も加わりにぎやかな花見会になると思っていた。明日も学校の春休み中なので安心してますよ！」母は喜びの顔を見せたので、僕達はうれしさを身振りで見せていた。いつもよりも二〇センチくらい高く跳び上がっていた。母は「最近二人共良い子にしていたからね」と、小声で言っている。やはり、普段母の見ていない所で悪さをしているのを見ているんだなと、僕は母がいつも気を遣う心が少しわかった。

明日、花見に行く事に決まったが、この時季は天気が急変する時でもあるので、母は僕に「ラジオで聞いてね」と言われた。「はい、わかりました」と言い、「ラジオを付けっぱなしにしておきますよ、きっと明日はだいじょうぶですよ」と言うと、母は「日ごろの心得が良いので」と、今度は、やや褒めるような言葉が入っている。「期待通りきっとよい天気でしょうね！」と、僕の心を励ましてくれている母に、「ありがとう」と言うと、母は「楽しみね」と言いながら、「今日は早めにフロに入り、夕ごはんを済ませ、早寝をしてね」と言われた。「その通りにしますよ！」と言い、夕食を済ませ、いつもより早めに寝ようとすると、母は「布団は敷いてあるよ‼」と言った。僕は喜びながら、「お母さん、すいません」と言うと、母は「たまには寝る手伝いをしないとね」と言いながら台所に戻った。背をやや丸めてごはんの後しまつをしている母に、僕は「母さん、それではお先に」と言うと、「しっかり寝てね、おやすみなさいね」と言いながら寝室に入って来て、「さあ、寝なさいよ！」と首元まで上掛けをかけ直しながら、「おやすみ」と言い、部屋の電気を消して立ち去っていった。僕は、今日のいろんな出来事が頭をかすめているうちに寝てしまったのでしょうか、ふと目を覚ますと朝でした。

期待感でなかなか眠れないのではないかと思っていたが、何の事もなく熟睡していた。爽やかな朝日の輝かしい光がキレイに差し込んでいる。「おはようございます」と母に言い、母も「おはよう」と朝の挨拶を返す。そして「今日は、昨日松太が言っていた天気予報通り良い天気ですよ！」と言った。僕は今日も一日楽しく過ごせそうだと喜びをかみしめた。

家から外に出て朝の体操を始めていると、母も出て来て父も加わり、四人で大空に向かい両手を上げ、仕上げの深呼吸を何回か繰り返して、再度朝の爽やかさを味わった。久々に揃ってやれたので、母は「幸せですよ!!」と言い、僕も「こんなわずかな事でも家族が心一つになる事は大切なことだね」と言うと、久々に父は喜んだ顔をして、「今日の勤務は楽しくやれそうだ!!」と言った。全員で朝の手作りご飯をおいしく頂き、「ごちそうさま」をした。

すると密かに花見食を作っているような感じがした。母が兄に手伝わせている声が聞こえて来る。兄は「はい、はい」と返事をし、揃えた物をヒモでしばったり、風呂敷包みに入れたりしているのが僕の目にも入ってきた。「兄さん、手伝おうか」と言うと、「いい、いいよ」「たいした事ではないよ！」「この手作業は慣れた者が行うと簡単に終わるからね、あえて松太にお願いするまでもないよ！　だから松太は何もしなくていいよ」と言った。昼を楽しみにしてねと、あえて手伝いをさせない兄に、僕は感心していた。

母は「今日の花見場所は事前に下見をしておいたのよ！」と言い、「三〇〇メートル西の方向に建立されている神社の北側に流れる丸御用小川に沿って、五本の大木桜の見物場があるの。楽しみね！　昨日二人に話した時には、飛び跳ねて喜んでいたわね！　これから出かけるよ！」

一一時頃出掛け、花の所まで七分位で行き着き、まず神社の正面で母は賽銭箱に五円玉を入れ『ご縁』がありますようと言い、『二礼二拍手一礼』をして二人の子供に拝み方を教えてくれた。僕は初めて拝み方を教わった。そして、母はすばらしいキレイな青空をながめながら、「この神社の裏側に桜は咲いているのよ！」と言った。さっそく兄は足早に桜の木の下に行き、「こっちに来て」と呼んでいる。

そこは花の木から三メートルほどやや川に向かって斜めに下った所で、兄は持って来たゴザを二枚敷き、花を見やすい所に座った。「年寄りの隣のおばあちゃんを、まず下地の安定した所に座らせてちょうだいよ」と、母は声をかけた。僕は座り心地を本人に聞きながら座っていただいた。

母が早朝より作った花見食を、兄はゴザと一緒に持って来ていた。重箱をゴザの中心に置き、兄は自分の役割を進めている。

母は食べ物やお茶を出し、「おいしいかわかりませんが」と言い、重箱の上段に詰めてある太巻き寿司をやや小切りにしてお皿に載せ、「はい、どうぞ」とおばあちゃんから手渡し始めた。「今日はいい天気で青い空が川の水に映え、桜花との合唱をしているように水にゆらりと映ってとてもきれいですね」と、やわらかい声で「どうぞ召し上がって下さいね」と言った。「香ノリが巻かれているのでおいしそう」と僕も言い、「母さん、いただきます」と言った。一口食べてみると太巻き寿司の芯の部分に色々と工夫され巻かれていた。「母さん、とてもおいしいよ」と僕が言うと、母は「『花よりダンゴ』と言う名句があるけど、それは食べる事を中心に言っているのね！　今日は花も寿司もどっちもいいのね！」と言った。母も一口食べながら「八分咲きで満開よりも花の色が濃く、太陽の光に当たる所の対比が花全体をよりキレイに見せているのね」と言った。自分で作った料理なので、皆さんが食べてからと心遣いをしているように僕は思えた。初めて桜の花見会に入れていただいたので、多少大人の話を聞く事が出来、とても勉強になった。

後日、「昨年までの三人に今年は松太が加わり、話が広がったね」、とおばは言い、「子供とは言えもうそろそろ一〇才になるのね。いよいよ基礎の事から自分自身で考え、もちろん親の教えだけでなく、一緒に仕事や考える事もしなさいね」と大先輩のおばは、静かな言葉で言った。

花見を楽しみ、帰り道の両脇の小花を目で追い、再び自然を観賞しながら、二人の大人と二人の子供はそれぞれいい思いを心に刻み込んで自宅に帰り、わくわく感も次第におさまり今日一日を終えた。

あくる日は、春休みなので友達が僕の家に遊びに来て、なわ跳びやビー玉遊びで大声を上げていると、母が外に出て来て「こらっ、うるさいよ！　もう少し静かにしなさいよ」ときつい顔をして叱られた。「せっかく昨日キレイな桜の花を見て心が安らんだはずなのに、台無しよね！　なぜ母さんが怒るかここでしっかり教えておくよ！　まず近所迷惑になる事、ひょっとしたら病人の人もいるかもしれない?……色々迷惑になる事は計り知れないのよ!!　気をつけてね」とかなり強く言った。僕は頭を下げ、「わかりました。今後気を付けますので許してください」と心より謝って「ごめんなさい」と言うと、母は「私も一時興奮して強い口調で言ってごめんなさいね」と言った。僕は「人って心の乱れは同じようなのだなぁ！」と心密かに感じました。

そして時間がたつにつれて、母が逆に謝る事は大変な事だと思い至り、僕は母の後ろ姿を見ながら、「二度とばか騒ぎはしない」と心に誓った！　母は先ほど「良し良し」と言いながら頭をなぜ、「今年も梅から桜の花へと春のドラマが始まったわね」と言っていた。母の子供時代、祖母から教わった大自然を見ることを、僕たちに教え、伝える事をしようとしているのか？　兄は「自然は大切な宝物であり、それを伝えていくことが文化なんだ！」とさすが素晴らしい言葉が自然と出ていた。

翌日、窓辺のカーテンのちょっとした隙間から朝日が差し込み、母に起こされた。目を覚まし寝ぼけ声で「おはよう」と言ったかわかりませんが、母は「おはよう」と挨拶した。「松太は今朝、目が覚める直前小さないびきが聞こえてきて、ぐっすり寝ている様子だったよ」と言いながら台所で朝食の準備をしているのでしょう、カタカタとまな板で野菜を刻んでいる。そんな軽やかな音が聞こえて来て、早朝の静けさからざわめきの音に変わり、やがて母はすっかり目が覚めた二人に再度おはようの挨拶をし、何かを言おうとしていた。

二人はそれに気付き、母に言われる前に着替えして『行』に取りかかった。毎朝、食事前に必ずやらなければならない朝の『行』をきちんと行ってから、朝ごはんをいただくことなっているのである。

僕は家の前と裏庭の外掃除をする事が決まりで、庭の隅には木の葉や鳥の羽根など、色々のゴミがちらばっているので、その辺は小さい箒で掃き出し、チリトリで木箱のゴミ入れに入れる。隣との間には竹で作った二メートルの区分を含めた仕切りがあり、その下側には、風などにより細い葉などいろんな物が下側に集まっているので、それを掃き出すと、ほぼ五割は済み、中央の大きな地面は長い一・五メートルの竹箒で大きく掃き集めるので、およそ一〇分で終わった。次は裏に廻ってやはり一〇分で終わらせた。そして、これは自己満足であるが、一度掃いた後で半円形の箒の『跡』をつける。

竹の長い箒は、父が手作りで竹の小枝を利用して作った物で、ずっと前から作り続けていた。

父は竹の枝を束ねて小屋に置いておき、箒が少し傷んだ時にそこから出し、箒の中間から先の部分に差し込み、また永い間使用出来ると言いながら、いつも直してくれていた。僕は見ていて、「わかりました。色々教えて頂き有難うございました」とお礼を言うと、「こんな事でも事前に準備をしておくと便利だよね」と父は言った。

又兄は家の中を雑巾を二本使いし、一本は左手に持ち、汚れの目立つ所を拭く。『板の間』や『敷居』を一度は簡単に拭いてから『バケツ』にきれいな水を入れ替え二度拭きして、二度拭きめは雑巾をきつめに絞り、力を入れて拭く。雑巾がけがほぼ終わった時には、兄の手は冷たさで両手共赤くなり、少し腫れているように見える。

僕はぬる目のお湯を洗面器に入れ、ゆっくりと手を入れるように兄に言うと、兄は「わかっているよ！　高い温度のお湯に手を入れると痛くなるので、松太の出してくれた温いお湯を使うよ、ありがとうね」と言いながら雑巾がけを終了して、腰を伸ばした。

母は「兄弟の仲にも礼儀というか、子供同士が自然とかばい合う行動をするんだね」と感心したように言い、「毎朝ごくろうさんね、ありがとうね、おかげで気持ちまでキレイになった！」と言った。

兄は「これくらいで褒められるのは『まだ、まだ』、これからさらにしっかりした仕事をしなくては」と、まじめな性格が出ていた。僕は、「兄の動きを学ぶ心掛けはいつもしているつもりでいるよ」と言うと、兄は「そう」と言いながら板の間にいつもの通りちゃぶ台の四つの足を広げ、四人分の朝食が載るようにした。母は、「皆な外に出て朝食の前に背すじを伸ばして軽い体操をしよう」と言った。手足を伸ばしたり、最後に両手を伸ばして大きく上げると朝の晴天が目に入り、爽やかな気分になった。五回深呼吸し、僕は「気持ちいい！」と言うと、「全員、今日は晴れ晴れでいい日になると感じているよね」と母はエプロンの乱れを正しながら言った。

「皆家の中に入りなさい」。冷えきった板の間の上に正座し、寒さに耐えていた。当時は格式の高い家ほどしっかりと正座し、朝、晩の食事をするならわしであった。僕は毎朝外の大通りから『ナットウ、ナットウ』のいつものハンチング帽子のおじさんが、自転車の後ろの荷台に四角の竹カゴを付け、藁に入った納豆を売るおじさんの姿が見えた時に一声かけ呼び止め、四個買うのが役目になっている。今朝もすでにその納豆に、母はネギの白味の所を小刻みに切り準備していた。野菜類とぬか漬けしたキュウリ、ナスと納豆、イワシの煮干しの入った温かいミソ汁がお碗に入り、ちゃぶ台の上においしそうな香りをふわっと漂わせている。

兄は食事前にいつも仏壇に小さな器のご飯と水を上げ、まず父親から手を合わせ拝み、順番に手を合わせ、当然僕は最後に終えた。母は座り「食事をしなさい」と言う。全員が「いただきます」の挨拶の後に、僕は、すごくお腹が空いていたし、ご飯がとてもおいしいからつい食べ急いでしまうので、母はいつも口ぐせのように「ゆっくり二〇分かけ、しっかり噛みなさいよ」と二人の子供達に言っていた。

僕は「おかわり」と言うと、山盛りにして渡してくれるので「こんなには食べられないよ！」と言うと、父は盛り上がった部分を取り食べてくれる。そして子供が残した物はいつもすべて食べ、整理してくれていた。

食事時間は三〇分位なので、冷たい板の間の正座は姿勢を良くする為にも良い効果があり、寒さに対して鍛える為にも、いろんな意味があると父はやや厳しい顔付きで言って聞かせた。僕等はうなづいて父に従っていた。

母は食事を皆がおいしく仲良く食べている様子を見守り、僕には、食後の笑顔に幸せ感が漂っていたように見えた。父は「皆がおいしく気分良く食べると体への吸収もよくなり、健康増進にも効果があるよ」と言い、母も同じように言っていた。母は家事を中心に毎日の忙しい日々を過ごしていて、子供達の趣味や、学校の勉強についてあまり気にしていなかったので「ごめんね、食事をおいしく食べるのに気を取られていたのね」と言った。しかし、僕はもっと母の仕事の手伝いを「今まで以上にもっと忙しい時季の手伝いをやりますよ！」と言うと、母は「いいのよ、いつも通りでいいんだよ」と、やや安心したような口振りで言った。

そして今日も、朝の『行』を終え、おいしいいつもの朝食を済ませて、湯呑み茶碗に二杯、水不足にならないよう母がついでくれたお茶をゆっくり飲み終えて、兄と一緒に今日使う教科書やノートなど点検し、肩に背負って外に出て集合場所に行った。全員が集まると上級生の指導に従い六メートル幅の通学路に一列に並び、先頭の小学校一年生から出発しようと前の一年生に声をかけると「はい、わかりました」と言い、「今日は寒いね」と言っていた。少々寒くてもがまんして歩き始めたが、二〇〇メートルほど歩いた所から先は人家は無くなり、北風のカラッ風が吹き通り、手や顔は凍えるほど寒く、肌が赤っぽくなってきた。

当時は子供用の手袋もなく、僕は母手製の『うさぎ』の毛皮で作ったミトンと耳当てを毎年使って寒さをしのいでいた。僕はいつも家を出る時は、「今日も耳当てを使いますよ」と言うと、母は「役立って良かったね」「耳だけでなく顔の部分まで温かいよ」と言った。

大変役立ったので感謝の気持ちで「ありがとう」といつも心の中で言っていた。学校は小中学校一緒の所にあり、約三キロ、二五分で行けた。

先ほどの人家を抜けた所から北西方向、僕が歩く左側で、雄大な赤城山の頂きは雪に覆われ、朝の陽光に照らされ、金色に輝いている。その姿を見て僕が声をあげて「うわ、キレイ」と発すると、列の後ろにいる先輩が「静かにしなさいよね」と、少々注意をしたので、僕は「ごめんなさい、ついあまりにもキレイに目に映ったので……」と頭を下げ、謝った。やがて学校に着きました。

僕は「通学路から見える山々を知りたい」と、以前から母に言っていた。母が「山々の説明を三日後の日曜日にしますよ」と言ったので僕は楽しくなり、「母さん、何か僕にする事あったら手伝いますよ」と言うと、母は「ちょっといい事を言うと、調子に乗るね」と言われたが、僕は本心から「手伝うよ」と言ったので、「心が言わせたんだよ」と小声でつぶやいていた。

日曜日の朝九時頃には寒さも多少やわらいでいた。母は「今日は好天で山々もよく眺められ良かったね」と言った。僕は「希望を聞いていただいて、どうもありがとうございます」

と言い、喜んでいる僕に兄も一緒に見学に加わった。兄は「多少知っている事もありますが」「やはり母さんはいろんな知識を多く持っているからね」と言った。「いえいえ、たいしたことないよ」と母は言いながら、手元に三枚の資料を持参していて、「母さんも学校で学んでから三〇年以上過ぎ、忘れた事もあると思うよ」と言いながら、「北北西にまず見える山でやや赤城山の上方に上部に白雪を着けた男体山、特名男体富士が見えますが、かなり遠方なのであまりはっきりは見えないけれど、有名な山ですよ」。最初はあまり深く説明してくれず、「まあまあ、この山はこの程度にしておきますよ。松太ごめんね！」と言ったので、僕も「それでいいですよ」と返事をした。「次からしっかり教えるよ」と言って母は、「北の前面に、東西に裾野まで雄大な左右バランスの取れた山は、松太も知っている赤城山ですよね。この山の頂上には池が二つあり、その場所まで車で行けるのですよ」と続けた。母は話にだけ聞いていて、「そこまでは行った事はないのよ」と言い、「この山にはとても有名な物語があり、君達も知っている赤城の子守唄や、この山を題材に各地の青年団の演劇会が行われていて、『国定忠治』物語の演芸が最後を飾る演目になっているのよ」。僕は「ああ、そうそう、秋には毎年神社の脇の広場を利用して、太い丸太で組み立てた演芸場を作り、いろんな和装姿で顔はおしろいを塗り、「ふで」に黒墨を使用し風の踊りなどをしているのを見た事あるよ」と言った。母と一緒に見に行った事があったが、しかし踊りより屋外の食べ物屋さんに目が向き、出店の中であめん棒を買っていただく方に自然と足が向き、いつも僕は「母さん、あれ」と指差しねだっていた。そのことを言うと、母は「そうそう、思い出したわ」と言い、「この話は終わりですよ」と言い、次の赤城山に続く左に聳える名山『榛名山』の話に移り、「この山については特別に色々知っている事が多くあるのよ」と言った。僕は「色々聞かせてね」と言うと、母は写真ブックから取り外した写真を見ながら話し始めた。

「この榛名山は、真冬には湖面が厚さ四、五〇センチの氷が張り、わかさぎ釣りで名高く、一月から三月の低温の期間中は安定した氷が張り、腕の良い釣り人が氷に直径三〇センチほどの穴を金槌で開け、その脇に手製の二本足のイスに座る。そして、穴の中へ毛鉤を七本ほど付けた釣り糸をこの穴の中に下げ、魚の当たりを待って糸の引きがあると即座に両手を使い、糸が絡まないように左右の手に巻き引き揚げると、待望の『ワカサギ』が三、四匹かかり、次から次へと同様に釣り上げる。寒さに耐えられるのは五時間くらいで、何回か釣り上げるけれど、腕のよい人でも四〇パーセントくらいの成功率で、当日の収穫は四〇〜五〇匹くらいとのことですよ」。「それは大変だ」「僕達にはとても無理ですね」と言うと、母は「人それぞれの楽しみだからね！」と言った。

やがて春が訪れると、湖面はキレイな青空の下、池の全面に榛名山が水面に逆に映っている。この山は富士山にそっくりな山で『榛名富士』と呼ばれて、水に映る逆さ富士はみごとに美しい。

母の持って来た写真は、この姿を説明しようと二人に見せてくれ、「どう」と言ったので、「ああ、キレイに見えますね」と返事をした。「実は富士山と名の付く山はかなりあるのよ！日本の東西南北には、おそらく三〇〜四〇程存在しているかもしれませんね。松太、後で調べてみなさいよ！」と母は言った。僕は「はい、調べます」と言ったが、後で図書室で調べても、よくわからなかった。「それは富士山は一山だけで、他の富士山は、おそらくないと思ってますよ」と僕なりに言うと、母は久々に子供なりの反応に感心したような口調で「そうでしょうね」と言って、笑顔を見せていた。

次はやはり西側に並んでいる『浅間山』である。山全体が深い雪に覆われており、この山も「浅間富士」と呼ばれやはりキレイな山で、左右東西に山の流れるようにたなびく山で、母は「この山の事は二人共知っているよね」と尋ねた。「はい、知ってますよ！」。僕は「この山は活火山で現在はお休み中で、数年前に噴火した時には山の上から三〇〇メートル位まで火山灰を吹き上げたけれど、実は灰ではなく小さな砂利で、南西の東京まで届く時もありましたね！」と答えた。「そう、よく覚えていたね」と母は褒めてくれた。僕はちょっと自分の頭をかくまねをして、「この山の話は先生から知らされていたので、ほぼ正しく話が出来たのですよ！　前に富士山の所でいい返事が引き続き出来たのは、小学校の勉強の効果だよ」と言い、今は二重褒めに心が膨らんだように感じた。

この浅間山の後方には中央アルプスの真っ白な雪に覆われた山々が連なり、陽光に照らされてここの金色は山全体を包み、又独特の色模様に見とれていた。北西に並んだ美の観賞をしながら何んと一時間三〇分も経っていた。僕等二人に現場から眺めた実際の姿と、山々の持つ特長を、資料を持ち正しく教えてくれた、母の子供に対する姿勢に対し、再び僕は母に「ありがとうございました」と言った。母は「いいえ、それほどではありません よ!!　大人は皆この程度の事は当たり前のこと」と言い、「まあまあ」と軽く両手を少々上に上げ、「長い間二人共、母の教えをしっかり聞いてくれてありがとう」との言葉があり、今日のこの時のことは僕は忘れないよう心に入れ込んだ。

一方、南西の方向に目を向けた母は、「広い平原の行く先は里山に続き、その地は春の日はやや霞がかかって、遠方はこれから先美しい光景を見せてくれますよ」と言った。僕は「又休日を利用して、うららかな春の日を歩きましょうね」と言った。母は「この里山地区まで桑畑が広がり、繭の生産がこの地域に適しているのよ」と言った。「八十八夜のわかれ霜」と言われ、五月三日までは芽を吹き始めた桑の葉を大切に育てて蚕に与える為に桑の木を育てる適地であり、絹織物を主に生産している。世に知られている『富岡製糸工場』が北方へ自宅から約七キロの地で稼動している。

この工場で織られた絹織物の生地が大量に生産され、かつて日本の和装文化を保持していた。この工場見学は学校での授業として入館し、中の様子は先生から事前に伝えられており、工場内の説明を聞く事が出来た。約一〇〇名の生徒は高い天井から織機が広い内部に横一〇列ほど並び、女工さんは約二〇〇名ほど作業に従事していて、みごとな工場内に、入館してから僕達は、質問しようにもすばらしい設備に圧倒されて出来なかった。

約一時間ほど館内で案内してくれた女性が、「皆さん、先生に資料をお渡ししますので、学校に帰ってからここの設備や織機で活動して絹の糸で作られた布の活用方法など、授業で学んで下さいね」と、丁寧に言っているのが印象的だった。先生を始め生徒全員声を揃えて「ありがとうございました」と言ってから館内より外へ出て、二列に並び学校に向けて歩き始めた。

歩きながら、僕達の故郷にこのようなすばらしい有名な館があったことに感動していた。学校に戻り、足早に自宅に帰る途中、僕は見学の様子を再び考えていました。それは、この周辺の家庭でも小型の手製の『はたおり機』で絹の布をカタカタと織っていることが多く、僕等は昼間はほとんどその音で勉強するのが出来ない状態であった。この辺の女性は、学校を卒業すると機織りをしなさいと言われ、男性は上級学校に進学して、そして卒業後有名会社に入るのが男の進む道筋であると言われていた。女性は、お嫁に行くので、自宅で機織りをしていればよいのだと言われていた。

我が家では養蚕業を五月から一〇月までの五ヵ月間、『繭』を作る事をしていた。その期間、母は蚕に与える桑の葉の摘み取りが忙しく、子供達の手伝いを常に当てにしており、僕は母の大変な仕事に学校から帰ると自ら進んで手伝うのが当たり前の事であった。五ヵ月間は当然、手伝いを夕方輝く太陽が西側の山に沈み、あたり周辺が暗くなるまで仕事をするのが日課であった。

母は、「いつも手伝いをしてくれてとても助かる、ありがとう」と言いながら、少々の小遣いをくれたので励みになった。たまには大好きなあめん棒を手渡し、軽く頭を撫で、気を遣ってくれていた。

又、父は会社で専務と呼ばれる仕事をしていて、我が家は兄も当然手伝いをし、全員で働いており、収入はそれなりに多少あった。父は子供の教育者として世間では言われていたようだった。しかし、子供には詳しいことはよくわからず、「このことについては後で話しますからね！」と母は言っていたので、僕は「楽しみにしてますよ」と言っていた。

父の会社は学校の一〇〇メートルほど手前にある、コンクリートの橋を渡る右横にあり、僕は時々学校帰りに立ち寄る事もあった。母は「常に勉強はどんな事があってもしなくてはダメだよ」と、父は「この時代は戦後の厳しさに耐えなければならない」と常々語っていた。僕は学校のテストで上位に入らなければならないと、いつも努力していた。学年でいつも上位の生徒は、家の仕事を手伝う事がないので勉強は楽々にやれるのか、僕は本当に『口惜しい思い』を抱いていた。「負けたくない」と心でいつも思っていた。そこで自己流の勉強方法をやろうと実行し始めた。

一週間に四日は早朝三時に起きることにした。父と同じ布団で休んでいたので、電気スタンドをつけると父の睡眠に迷惑となるので、スタンドの周りに風呂敷をふんわりと掛けて、本を置く所だけ左右一五センチ程開けて、ノートは一切使わず教科書に直接鉛筆で書き込みをして勉強した。僕は、たとえ父が目を覚ましていなくても、何とはなしにやさしく協力してくれている様子を感じていました。

父の枕元にはいつも古い皮の手提げカバンが置いてあった。この頃も金庫破りの事件があった様子で、父は何も言わなかったが、僕は何とかカバンに入っている中身を聞きだそうとした。父は「そうそう、この中には大小の金庫のカギと重要書類が入っているのだよ」「他の人には絶対内緒だよ」と言い、父と約束した。

早朝の勉強はとても静かで、あまりよくない僕の頭にも素直に入り、とても良い時間だった。

ところで毎年春には遠足があり、その年は近くにある有名な人の記念館を見学しました。僕の家から三・五キロメートル、学校から七・五キロメートルの保木野地区に、今から二八〇年前に日本国で名高い盲目の国文学者『塙保己一』先生の生家である。四学年全員、約一〇〇名が先生に連れられ、朝八時前に学校を出発した。僕は自宅の前を通る時に、「ここが我が家ですよ」と指し示し、皆が「ああ、ここなのね、うだつが二個所上がった大きな家ね」と誰かが言いましたが、「これ位は当たり前ですよ」と僕は我が家を教えなければよかったと後悔した。

やがて一〇時半頃に目的の大先生の家に着き、学校の先生はさすがに『塙先生』の物語を学んでいて、物語風に説明を始められた。まず住まいから「現在この建物は文化財として、自然の中で保存されています」と、我が先生の説明は始まった。家の屋根は茅葺き平家造りの漆喰で造られ、家の周りを壁でめぐらせている。平屋のしっかりした建物ですでに二八〇年経過しているが、建物全体の手直しを定期的に行っており、壁だけは当時のままということであった。見学に来た思い出にほんのわずかさわり、当時に思いを馳せた。

そして次は建物の中に入り、色々説明を始めた。土間には四角の囲炉裏があり、天井より金属製の鎖が下っており、下には鉄の鍋や茶釜が置いてあり、「当時の様子が窺えますね！」と、先生は言った。色々内部は工夫されている。僕は質問した。「冬の間は寒さに耐えるのにどうしておりましたか？」。すると先生は、「当然北風の強く吹く時などは、この囲炉裏に薪を少しずつ焚き、その周りに家族はここに置いてあるイスに腰掛けて、天井から下げた鎖に鉄鍋を掛け、食事の準備をしながら体を暖めていたようですね。土間から座敷に上がるとコタツが有り、食後はここへ入り、家族の団らんをしていたのです」と教えてくれた。「わかりました」。先生の話はやや専門的でちょっと理解出来ない所もあり、他には質問もあまり出来ませんでした。

「それでは次は大先生の話をしますよ」と言うと、皆の生徒は「静かに聞こう」と言い、僕も「これからが本題の話ですね」と先生の顔を見ながら「お願いしますよ」と言った。先生は資料を見ながら「正しく話さなくてはね」と言い、当時の物語を現場で始められた。皆は静かになり、ここはしっかり聞くところだと心得ていました。

「塙保己一先生は子供時代『寅之助』と呼ばれておりましたが、子供の頃『かん』と言う病気にかかり、誠に残念でございますが目が見えなくなってしまいました。しかし不自由な身でありながら学問の道を選んで、両親の協力もあり青年になると我が国の古書を集めて分類し、きちんと整理をして、あの有名な『群書類従』という書物として編纂し、文政四年三月に盲目の最高位の文学者『総検校』として、日本国の歴史に残されております。ここまでが本題ですよ」と先生は話し、ほっとしてここでの疑問はあえて受けませんよと言った。

僕等は、「学校での授業で色々細かい事情を聞きますよ」と言うと、先生は「わかりました。又その時まで細かい事柄を調べておきますからね」と言った。生徒はやや緊張から喜びの顔になったように見えた。先生ありがとうございました。僕はこの建物から一番近くに住んでいながら、ここに来たことがなかったので不勉強であった自分を知り、まず近くにある事から学ばなければならないと反省した。そして、当保木野地区は知名度が高いことがわかった。

学校から帰り、足の疲れが出てきた。翌日は天気が良いようなので魚釣りをしようと兄は言う。そこで、近くの川で『ハヤ』や『鮒』の小魚釣りをすることになった。兄は手作りの釣り竿を二本持って来て、僕に一本を「使いなさい！」と手渡ししてくれたので、「使わしてね」と喜んで兄に言った。「今日は魚の動きはあまり速くないからきっと釣れるよ！」

と、やや期待を込めて話している。なんとなく今日は釣れそうだと兄が言うので、元気が出て来た。持って来た竿の先の釣り針に、川の中の大きい石についている川虫を付け、兄は浮き輪を川の深さに合わせて投げ込み、水の流れに乗せて投げ込んだ。

浮き輪がやや深い川の流れが右に曲がり始めた所でぴょこぴょこと動いているのを見た兄は、やや引っ掛けるように竿の先を動かし、「ああ!!」と手応えを感じ竿を引き上げた。釣り竿の先の柔らかいしなりを活用して水から上へ上げると、何と二つの餌に長さ八センチ位の銀色の鮒がかかっており、思わず兄は「やった」と小声で言い、喜んでいる。僕も声を出し、「さすが兄、見事だ」と喜んだ。

すると兄は「釣り場では静かにしないと魚は集まって来なくなるので、小声で話してね」と言った。なぜ大きめの鮒が釣れたかというと、「やや深めの所に鮒はいて、『ハヤ』は浅い水の流れの速い所で泳いでいるので、ハヤを釣ろうと思ったら浮き輪を下方に付けて水に流すと釣れるよ」と教えてくれた。それぞれの魚が泳いでいる様子を教えてくれたので、さすが兄は釣りの経験から色々知っていると僕は感心した。

兄はすでに五匹の鮒を釣り上げて、ほぼ満足していた。しかし、僕は、今の所全然釣れていない！　そこで、兄に再び「教えて」と言うと、「よし分かった」と言い、竿の上げるタイミングを、改めて教えてくれた。すると兄は「難しい事は一切ないよ。浮き輪の動きが始まって三回動いたら、引っ掛けるように、釣り竿の先は柔らかくなっているのでそこを上手に動かすんだよ」と言うので、その通りにしたら一〇センチ位の細長い『ハヤ』が、一度に二匹掛かった。竿先がふわふわと上、下、左、右に動き、「あっ!! 釣れた」と小声で言い、喜びを抑えながら、兄が教えてくれたから釣れたのだと素直に心から喜んでいると、五メートル下った所で「松太、良かったね」と一緒に喜んでくれている兄に、「ありがとうね」と思わずお礼を言った。お陰で心も晴れやかになり、釣った魚を小さなバケツに入れた。

兄は再び簡単な釣りの心得を教えてくれた。まず一つ目は川に入ったら人影がなるべく水面に映らないように、そして二つ目は水の中になるべく入らないようにする事、以上、と兄は楽しそうな顔付きで言った。僕は「次回からは兄さんから色々教わった事をしっかり心得てやりますよ」と言うと、兄は「期待してますよ」と言いながら川から出て、一時間四〇分ほどの今日の楽しい釣りを終え、家に戻った。

この川の向かい側にはクヌギ林があり、毎年六月から七月の早朝『カブトムシ』や『クワガタムシ』の昆虫達が樹液を求めて木の根元から一メートル程の所で、左右三本ずつのトゲトゲの足をつけた六本足でしっかり木につかまっている。獲る時には、バリッと音がするほど足を木に貼り付けているので、大物を掴まえたように感じて、男の子として誇らしい気持ちになるんだよと、昆虫獲りの経験を兄は言っていた。「ぜひ今年は僕も一緒に連れて行ってね」と言ったら、兄は「いいよ」と言い、僕は夏のこの時季には期待を込めて待ち望んでいた。

学校の授業を終え、自宅に帰りイスに座って一休みしていると、兄が帰って来て「松太、今朝話した昆虫について話そうか」と言うと、僕は「ぜひ話をしてよ」と言った。兄は「そうね、色々話したらたくさんあるからね」と言いながら、「まず昆虫を入れる『竹カゴ』は知っているだろう、いつも入れているカゴは手製で作った物なんだよ」。「ああ、そうなのね」。僕は出来ている物を買って使っていると思っていた。兄は「昨年の一月一六日から五日間、学校で行う展覧会に出すのに手作りしていたんだよ。竹を竹カゴの縦横の寸法通り二〇本程切り、縦割りして、半径五ミリ程に割り、ナイフで丸細長にして『紙ヤスリ』

をかけ、仕上げて、『ヒゴ』と言う細い竹を作るんだ。いつもの竹カゴと同じ作りをよく見て考えて作ったのを展覧会に出品したんだ」と言い、「実際に使っているのが、その時の竹カゴだよ。この中に昆虫を捕り、ここへ入れたんだ。水分の多い野菜を入れて置くと、きゅうりは少々食べていたよ！　しかし、防腐剤を昆虫に注射をして標本を作り、きれいなしっかりした紙の小箱に入れ、上側は作品として良く見えるように「セロハン」を張り、出品している生徒が数人いたよ。図工賞を目指して努力して作った作品もあり、なかなか立派だよね」と兄は話した。「子供とは言えど、いろんな物を作る基礎を見たり、聞いたりして成長していくのよ」と母も言っていた。

僕は川に入るといつも色のきれいな石を集めている。やや大きめの僕の手のひらぐらいの平らな石で、今机の上に置いてある色石はブルー系、紫系と白黒の入った物が多くある。湿度が上がると石全体が同色の粉を少々かけたように見え、湿度が上がると石自体の色になり、それが本当の色だと思う。母は「日に当たった時は？」と言ったので、僕なりに「真上から差しますとやや輝いて見えますが、斜めから当たると影が出来て、ただ輝いているだけで色はあまりよく見えませんよね」と答えた石を集めている僕に、母は「自然の美はお金では買えないからね。自然美を身近の所で見つめ直すと、けっこうあるのね。松太、こんなこともちょっとした心掛けで人の目に入って来るものね！」と、母は励ましてくれた。

翌朝は前日と変わり好天で朝日が差し込み、自然と早起きしてしまった。五月に入り、朝は一五度以上あり、兄も目を覚ましていた。「兄さん、ちょっと朝の散歩をしよう」と言うと同時に外に出ていた。家の周りの木々に緑の葉が付き、「きれいだなぁ」と言うと、兄は「松太、行くよ」と言い、二人はきれいな朝の空気を胸いっぱいに、両手を広げ、深呼吸をしてから太本梅の方向に歩いていった。梅の木から二〇メートル右側の、空高く茂る竹林の所を通ったら、その中でおじさんが竹の子掘りをしている姿が見えたので、僕は「おはようございます」と挨拶した。知っているおじさんだったので中に入って行った。

おじさんは近所の子供と分かったのでしょう。「今朝は君達に竹の子掘りを教えるよ」と言うと、「見ていなさいよ」と言いながら掘り起こしの鍬を使い始めた。「まず掘ろうとしている竹の子は上部が茶黒の部分が土から一〇センチ位の芽を出しているのを選ぶんだ。すでに五本掘り起こしたので、今日は最後の一本で教えよう」。そして、まず掘ろうとするのを探し、先ほど言った通り上部が出ている所を探すと、落ち葉などがふわふわと四〜

五センチ芽を出し始めた竹の子の上に乗っていた。「落ち葉をかき分けて、ちょうどよい芽の高さに成長したものを選んで掘りますよ！」ちょうど五センチほど芽を出した竹の子を見つけたおじさんは、「これね」と指示し、周りの葉を軍手を付けた両手で取り除いた。そして鍬で周りの土を、始めは周りの芽の中心から三〇センチほどから掘り始め、深さ二〇センチの所で竹の根が付いている所まで掘り、竹の根を切らずに本体の竹の子の根の方をばっさり切り取った。「竹の根は大切なので絶対に切らない。来年もこの根っこから生えてくるからね」と言い「脇に置いた土をかけておくんだ」と現場で教えてもらった。

おじさんの顔から首の回りまで汗が出ているのが朝日に当たり、輝いていた。おじさんは腰につけたタオルで汗を拭き取り、曲げた腰をのばしてから広い所に出て、両手を腰に当て体を前後に曲げてから、六本ある掘った竹の子の中から中位の物を二人に「一本ずつ持ち帰るんだよ」と言い、しっかりした厚紙に包み渡してくれたので、僕等はびっくりしてしまった。すると今朝はまだ少々時間が取れそうなので『竹』について教えてあげようと言い、話し始めました。

「今掘っている竹は『もうそう竹』と言い、根元が太くて肉厚の竹で、木の茎の部分から節目の合間が短く、上方に上がるに従い段々と節目が長くなる」と背伸びして、成長している竹に手を当て確認して言った。「肉厚で利用方法は色々ある。家庭で使う『シャモジ』、食事で使う『箸』、水を汲む『ヒシャク』にとたくさん利用されているんだよ」。

「二つ目の竹の種類で『真竹』があり、この種の竹は肉薄で、節目が根元から上方まで一定の間隔の節の長さで、利用は『竹カゴ』、そばやうどんを湯上げし置くのに使われる。他には、小編の浅手の『ザル』、家との間に二メートルに縦切り割りして『垣根』にする。竹職人はカゴ屋さんと呼ばれているよ」と言い、約一五分ほど追加して話してくれた。

「質問も聞かず一方的でごめんなさい」と言いましたが、僕は「とてもわかりやすい話をしていただきありがとうございました」と言いながら竹やぶから出ると、おじさんは「竹の子を一本ずつ持ち帰りなさいね」と再度言ってくれた。

この手みやげはとても重く、左右に交互に持ち替え、約五分ごとに一休みしていたが、ついに渡していただいた時のように胸元に『だっこ』して横向きに持ち、何とか家まで帰る事が出来た。「ただいま」と僕等は疲れた声を出して、「お母さん、重かったよ」と言った。

母はまず胸元についた土を乾いたぞうきんでばたばたとたたき落としながら、「歩いている時は特に重かったでしょうね。ところで君達はおじさんに『ありがとう』の挨拶はしたでしょうね」と言われた時に、二人は顔を見合わせた。もしかして言ってなかったかも知れないと答えると、『ダメね』と言い、「おじさんのことは知っているので、いつか会った時にお礼を言っておくからね」と言った。「今日二本とも湯がいて、一本は味をつけておじさんの所に持って行くからあまり落ち込まないでね」と慰められ、僕は少々安心した。

「早起きは『なんとかの得があり』と言われていますよね。その答えは昔の諺で、君達は知らないでしょうね」と母は言うと、兄は「知っていますよ『三文の得』でしょう」と言った。母は「当たり」と言い、「要はどういう事かわかりますか」と聞かれた。僕は「そうですね……少々の得と言う意味でしょうか」と、当てずっぽうに答えますと、「その通りですよ」と母は言って、「この言われは古くから今でも通用していて、何かにつけて早めにしようと、事前の準備をする事や友達と会う約束時間よりちょっと早めに行くことで、他人に迷惑にならないように心得る事など、いろんな事に使い回すことが出来る言葉に連なっていくのね。やや文学的になったけれど、応用する事が大切ね」と言いながら母は朝食の準備にとりかかった。

言われる前に朝の『行』を各人それぞれしっかりと終えて、母が作った野菜中心の、温かい『豆腐』の味噌汁と、いつものご飯をいただいた。食事を終え、「お母さんおいしかったよ、ごちそうさま」と言い、使った食器を持って行くと母は笑顔で何か言いたそうなように感じたので、台所の整理の手伝いをやり始めると、やはり言った。「明日は日曜日で天気予報は好天と言う。だから、前々から行こうと思っていた野原に出掛けようね」。僕は突然のことだったので外に出ている兄を呼び、声を合わせ大喜びで「うれしい」と言っていた。

喜びながらカバンを背に、『スキップ』をしたり跳びはねながら、いつもの通学路から学校に向かって列を少々乱すほどだった。興奮が抑えられず、上級生に「中ほどを並んでいる君はダメだよ」と肩をポンと合図され、僕は「先輩ごめんなさい。つい良い天気なので浮かれてしまいました」と言い、いつの間にか学校の校門にたどり着きました。今日は土曜日だったので、午前中の四時間の授業をしっかり終え、早々家に帰り、「さあ明日が楽しみ」と小声でつぶやきながらカバンの中の教科書などを見直し、次回使う為の下準備をしていた。

するとと母は「土曜日は宿題がないので、ちょっと頭を休ませて、明日の準備をしようね」と言った。僕は「やりましょう」と言って始めましたが、母は「すでに準備はしてあるのよ」「持ち物はすべてまとめて玄関の中側に一個所に置いてあるでしょう」と言った。「ここね、さすが母さんですね！」。そして付け加えて母は「物事をする時は、事前準備し『確認』をする。言葉を換えて言うと『見直し』する事ですね」と、丁寧に教えてくれた。僕は「母さん、よくわかりました」と、素直に言った。

「そうそう、言い忘れていましたが木バサミ、スコップ、カマなどの小物を探すには時間がけっこうかかりましたよ。出掛ける寸前に細かい持ち物を備えるのに時を取られたら、せっかくの楽しみがなくなってしまうからね！」と母は言った。僕は「その通りですね」と、母の言っている事に「ありがとうさん」と言った。

夕方になって来たので僕はいつもの通りフロに水を汲み、薪を燃やし、やや熱い温度になった所で父から入ったのだが、「松太入って来なさい」と言われた。焚き火はほぼ燃えつき、「これでいいですか」と尋ねると、父は「少々熱くなってきたら水でうすめるからもう入りなさい」と言われ「はい、わかりました」と言った。父がフロの側で手足を石鹸を掛けて洗っていたので、「父さん、背中を洗いますよ！」と言うと、「そう、ありがとう」と手足を洗っていたタオルを渡された。僕は大きな背を力一杯ゴシゴシと洗うと、父は「ありがとう」と言いながら、「松太の背中を洗うよ」と言い、温かいお湯を掛け、「最近体も大きくなって来たなあ」と言い二分ほどで全身を洗ってくれた。「父さん早いですね」と、お礼を言う間もなく、「こんな小柄の体は簡単に出来上がるよ」と父は言い、フロの中に入り体を温め、約一五分程でフロから外に出た。母がサンマの焼き魚と葉物を茹で上げ刻んだ大量の野菜に鰹節を乗せ、少々の醤油をかけ、いつもの漬け物をお皿にキュウリやナスをそれぞれに刻んで入れて、いつもよりも三〇分ほど早く夕食をおいしく食べた。「おいしかったよ母さん、ごちそうさま」と言うと、いつも笑顔で「まあまあおいしかったのね」と言い、母は最後に食べている。「松太も新五も明日は五時起きのつもりで、早寝をしなさいよね」と言い、久々にすでに布団が敷いてあった。「母さんありがとう。お先におやすみします」と言い、床に入った二人は昨日の話を少々しながら、今は少し心も落ち着き明日への意識も遠のき、いつの間にか寝込んでしまった。トイレにも一度も起きず、ぱっと目を覚ましたら朝だった。

深く寝たのか目覚めもよく、窓を開け外を見るとまだ薄暗い。でも時計の針は五時一〇分前を示していた。今日は兄より僕の方が早く目を覚ましたので、「兄さん」と言うと脇にはいません。兄はやはり早く起き、別の部屋から入って来て、すでに洋服の着替えを済ませていた。「おはよう」とお互いに声を掛け合いながら、兄は母の朝食の手伝いを始めようとしていた。「母さん、お早うございます」と挨拶をすると、母はいよいよ今日は外出して楽しもうと気合いを入れるような手振りを見せた。目がすっかり覚め、その気になって来た。「母さん、僕は熟睡して夢も見なかった」と言うと、母は「春や秋の外気との温度差が少ないとよく眠れ、夢はほとんど見ないのよ、今のパジャマは少し厚地で、丁度よかったのよ。とにかくよく眠れた時は体調が良い事なのだ」と一人言のように言っていた。

毎朝目覚まし時計に起こされず、目が覚めるのは健康である証拠で自分で体調を知る目安にもなると母は教えてくれた。兄は近くで聞いていて、この事は知っているのか、「そうそう」と頷いていた。

そして「体の調子がちょっとでも変な時は隠さず、すぐ母に教えなければダメ。これは、『約束』ですよ」。母は僕らにいつも気を遣っているのは小さい子供の時から変わっていないと小声で言ったら、母は「当然でしょう!!」とやや怒ったような顔付きで言ったので、親として当然な事をしているのに『口出し』してはいけない事なのだと反省した。

松太は早九才になり、自ら健康について学び、身を守らなくてはならない話を母から聞いていた。「第一は、難しい言葉で言うと『予防基礎医学』なのよ。君達が今話していた、自ら健康を守るのには、どこでも単純な事で手を洗う事。洗い方『一つ』とっても、たとえば手の内外だけ洗うのは当然だけれども、指の合間を洗うという事も正しい洗い方の基礎であり、これも病気から守る予防法なのよ！　決して難しい事じゃない。今言った通り、学校の先生の教育をとっても同様に基礎から手順に教わり、知り、それを一つ一つ積み上げる事も家で教える事と一緒なのよ」、とニコッとした顔で話してくれた。

母さんは「健康で長生きをしたいから身を守る安全な方法で暮らしているので、決して『自慢』している訳ではないけれど、病気は三〇年も前から風邪一つひいた事もなく、健康なのよ」と言い、窓を広く開けて朝の日に当たりながら、「紫外線を浴びる事も隠れた健康法なのよ」と言った。今朝早く起きたので、色々話が出来て良かったと母は言い、台所に入り、僕達もいつもの『行』を始めた。しっかり終わらせると母は僕のしぐさを見ていたのか、「これだけきちんとキレイに出来ていれば、近所の人が我が家に用事で来られても恥ずかしくはないわね」と褒めてくた。僕は「まだ、まだ、これ位では」と心で思ったが、母が褒めてくれたので、僕は本当はうれしかった。

さあ朝ご飯が出来上がったよ……と皆を呼んで、いつもより一時間早く食事を始めた。朝の早いのがとても爽やかで、おいしい食事をもくもくと食べ終え、ごちそうさまの声もやや弾んでいた。食事の後片付けは全員で分担した。器を洗い、水分を拭き取り、食器棚に納めるのは兄が得意で、傷付けずに早い。僕は仏壇に上げたご飯と水の始末をし、父はちゃぶ台の片付けをして、母は全体の再整理をし約一五分で終わった。

父は家で留守番して、新聞や小説を読んだりすると言い、また庭に花の種を播いたり、けっこう仕事があるのだと言った。

母は子供達と待望の外に出て見ると、五月初旬の早朝はまだ多少寒い時期でもあり、やや厚地の長袖のシャツの準備をした。「歩いていると木の折れた所に当たると怪我をする事や、毒虫に刺されないようにと思っての事ですよ」と言い、二人は早速母が色々考え、事前に準備してあるシャツに着替えていた。すると僕のシャツは前後逆だよと母に言われ、僕は笑いながら前後正しく着直しを済ませた。兄はさすがきちんと着ていて母はあえて見ていなかった。これで着る物は良し、二人は学校から帰るといつも普段着に着替える習慣がついているので、本当はもっと簡単に出来るはずが今回少々手間取ったのは、心が浮き浮きしていたからだと思われる。

僕の足元は兄のお下がりの運動靴、手にはちょっと厚地の手袋をし、真竹で作られているほぼ四角の手提げを持ち、その深さ二五センチの竹カゴの中に木ばさみ、スコップなど入れた。頭には僕の顔の三倍ほどの大きな麦わら帽子を被り、家を出ていつもの川にかかっている一五メートル位ある板橋を渡った。川の脇から三〇メートルの所には中木の林があり、母はこの林を名付けて『こもれびの林』と呼んでいた。

川のほとりに畦道が連なっていて、このキレイな明るい緑色した木々に囲まれた所から、近くの民家の上空に、残された鯉のぼりの、屋号のついた吹き流しが大空高く大きな口を開けていた。胸いっぱいに『おいしそうな空気』を吸い込み、お腹を見せたり、背のきれいな柄のついた姿を口から尻尾まで伸ばしたり、縮んだりして、まるで青い海を泳いでいるかのように踊っていた。母はこの『開放的な自然美』の中で端午の節句の名残を楽しんでいる。そしてわらべ歌でお馴染みの『鯉のぼり』の歌を歌い始めた。

いつの間にか三人揃って楽しく、この時季にぴったりな、とても心地良い一時を過ごしている。母は久々に家事で忙しい日々を過ごしているのが忘れられ、かわいい子供達と一緒にこの絶景を見渡しながら僕の肩に軽く手を乗せて、つぶやいた。

「松太は最近だいぶ教えを素直に聞くようになって来たね！　小学校に入った頃はちょっとおませで、自分勝手であまり教えを守らない時があり、その頃は心配してたけれど、学校で集団生活をしていると他の子供の行動で先生に叱られたり、少々褒められたりしていると勇気づけられてきたのでしょうね。又上級生の兄に家で色々と本心で学び、知恵を使う事が上手になり、最近はかなり進歩し『良し悪しの判断』を自ら出来るようになって来て、多少安心しているのよ」と言いながら、「今日は三つほど守らなければならない事を言っておくよ。一つは『うそ』を言わない、それから『正直』で『素直』に人の教えを聞く事ですね。そして早く兄のような子供に近づき、親離れが出来るようにね」。

今日のような大自然の心地良い時間を過ごしながら、母の教えてくれる『愛情』は本当の愛の形です。僕は忘れません。「学校での先生の教えを自分で覚え、テストなどで良い結果が出れば本当の喜びですよ。絵や習字は他人が評価するので何が良いかは他の人が考える事で、例え評価が良くても悪くても仕方ない事ですよね」と、母は再び教えの本心を語ってくれた。本当に僕は今日の自然美の中で心から楽しいと言うと、母は「誰でも、ストレスは知らない間にたくさんあるものよ！」と言った。母は青い澄み渡った空を見つめながら、にこやかに心を清めているかのような顔が美しく見えて、日頃の下向きの仕事中心から胸を張ったり、両手をより高く上げて自然の美を全身に浴び、楽しそうであった。日頃僕は迷惑をかけている事を反省し、もっと親の教えを守れるようにと、無意識に輝く太陽さんに両手を合わせて薄目を開けた。いつも仏壇に両手を合わせる時は朝夕の瞬間でありますが、今日は心からの思いとなっての行動である事にふと気が付き、母が言っていたように、一瞬、心の中にも太陽さんが輝いている思いがしたのを覚えました。

母は、僕が両手を合わせた姿を見ていたのよと言い、「やはり人は年令に関係なく同じ心境になるのね」と、久々に何回も喜びを言って、僕に話してくれた。木もれびの林の手前に、台風で倒れた大木を五〇センチ位に切った木片が五～六個あり、母はどっこいしょと座り、二人も座った。二〇分ほど、目線が低い、この位置から風景を見ると横線のキレイな風景を発見した。すると『蜂』や『蝶』が見やすくて、『アゲハ蝶』は羽根を振りながら林の中から出て来た。「よく見るとやはり林の中に住んでいるので、やや暗い同系色で身を守っているのね。この蝶は少ないのでよく見ておきなさいよ」と母は言いながら立ち上がり、「今日の好天は皆の心掛けの良さに、天は君達の見方したのかな？　五月と一一月は気温もちょうど良く、外出するのに好適ですよね、そしてこの時期は木に緑の葉がつき、足元には花が咲き、秋は紅葉をしてきれいな色を見せてくれるのよね」母は相変わらず年間の季節の動きまで交えて話している。

「しかし今日の好天はやはり君達の普段の美に対する心掛けの良さですよ！」と母は微笑みながら言った。

再び林に入って行くと二〜三個所曲がりくねった小道があった。両脇の合間を腰を下げて足元を見ると、あまり見た事のない花が新芽の緑を付け、五〇センチほどの長細い草の合間に小花が咲いているのがチラチラ見えている。木の間から洩れて来ている日の光が射し込んでいる所には、春ジオンの花が数本、『白』と『薄い紫色』の花が二〇本位咲いていて、林の中をキレイにしている。この春ジオンは、春から夏まで約三ヵ月間次々と咲く花で、母はこの花は努力して咲き続けているので、この花を『長春ジオン寿』と呼んでいた。

又花を付けた『水木』の白い花は、鈴の形で枝先に下向きに咲き、キレイです。木の肌はサルスベリの木によく似ていて、少々曲がった木で林の脇で枝を日の多く当たる方に伸ばしている。母は「木を切ってごらん」と言うので竹カゴの中に入っている『木バサミ』で、直径三センチの枝を「パチッ」と切ると、一分間程でおやおや切り口から水が出て来たではありませんか。木や花の名はそれぞれ由来があるのである。白い花にはモンシロ蝶が二〜三羽ほど停まって、花の中にある蜜を食べているのでしょう。羽根を左右に開いたり、止めたりして風に揺られ、まるで花と合唱をしているように見える。また同系色で他の昆虫から身を守る姿が自然と出来ている。

「五月下旬まで花が咲き、その後は葉の間の花が終わり、かわいらしい鈴のような形で五〜六個やや薄い緑が垂れ下がるのですよ」と、母は教えてくれた。「この木はどこの林にもあり、誰でも見つけられるよ！」と言いながら、こもれびの林から、三人は黄色の山吹色の花が咲く林を抜け、林から出ると目がくらんだ。

少々待ってから顔を上げると、天高く抜けるような群青の空が目に映り込んでいる。すると四～五羽の『上げヒバリ』が、ピーチクピーチクと笛を吹くように晴れ晴れした声で付近の静けさを破り、美声で楽しい春を大喜びしてさえずっている。それとも歌っているのだろうか。

　上空高く舞い上がって行くと、さえずりの合唱が段々と小声になるので、上空に上がって行くのがわかる。しばらく上空八〇メートルほどの所で、地上の巣で待っている小さなかわいい子ビナに与える『餌』を捕らえ、お腹にたくさん蓄えて、一五分ほど過ぎると四〇メートルほどの所から上昇する時の逆に、笛吹き声が次第に大きくなって、聞こえてきた。二〇メートルほど降りると『ピタ』と、さえずりを止めた。

　兄はここから色々と教えてくれた。「親のヒバリは我が子を他の小動物から守るために、巣には直接降りず一〇メートルの所で横飛びして降り、巣まで『ピョンピョン』と歩きまわり、用心深く見渡してから巣に入り、お腹に入っている餌を黄色のくちばしを開けている子供達に与えるのだよ！」。野原で生きて行く鳥の生態を家の書棚から出し、再度確認して今日僕に教えてくれた。とにかく自然の中で活動している生き物は、生存することの大変さを知っているのだ。

兄は自然界の中で実体を確認しながら教える知識をしっかりと持っている。兄さんありがとうと心の中で僕は言っていた。

先ほど居たこもれびの林からウグイスの『ホ、ホケキョ』という声が聞こえてきた。『梅にうぐいす』はセットになって、春歌などにも歌われている。早春の頃は音痴な状態でよく声は出ていなかったが、今聞く声は『笛』を吹くかのごとく、すばらしい声を上げている。我が子にしっかりと『さえずり方』を教えているのかも知れないね！　とにかく平原に響き渡り、心が清らかになった思いがして、母と同様、僕も喜ばしく思った。

春の絶好調のシーズンになると野性の小動物や小花、昆虫などと楽しく触れ合って春を感じるようになる。林の木は芽を吹き、陽光を受けている所は特にキレイであり、又平原の色は青い空と接する所まで見え、小高い山までみんな合わせて春色に包まれる。足を止めて、しっかりと豊かな大自然の中に身を投じていると、学校からの帰り道、学友との間で気まずい事があり、少々心を傷めていましたが、今この緑の絶景を眺めていると心が豊かになり、そんなことはどうでもよくなる。学校で勉強を先生に学ぶ事も子供達の仲間と『メンコ』や『かくれんぼ』や『縄跳び』なども心を育んでくれるのかもしれないが、こういう心を豊かにしてくれる自然にかなうものはないのではないか。両手を顔に当てて『ヤッホー』と里山に向かって声をかけると、三秒くらいで低い音響で返って来て、僕は「愛する自然の恵みは計り知れないですね」と、一人前の言葉を母にすらっと言いながら、久々にキレイな外気を両手を振り上げ、何回か深呼吸をした。母は「体に良い事だよ」と言い、又喜びの笑顔をしている。

そして、僕にまたさらりと言いました。「こうして美しい自然の豊かさを何回も経験すると、顔付きまで穏やかになり、女子の生徒にも人気が上がるかも知れないよ!!」。僕は自然の中に入ると色々改善されるのだと言う事が、母や兄の話を聞いているとわかってきたように感じられた。

三人がきれいな外気に触れていると、輝く太陽は真上に来ていた。そうしている間に昼を知らせる『ボー』という合図が鳴り、母は再び両腕を天高く大きく澄み渡った大空に振り上げ、新鮮な空気を吸い込んで気持ち良さそうに、また深呼吸を四~五回している。その姿を見ていた二人もすぐさま同じように、やや小さい腕を上げ同調した。

そして一メートル幅の畦道を通り抜け、広い通りに出て家に向かって帰り始めた。帰りがけに川の橋を渡り、さらさらと軽やかな音の流れに誘われて、ちょっと川に降りかけた。

母は昼ご飯の準備があるのでと言い、「一足先に帰りますよ」と言って足早に帰って行った。僕は「ごめんなさい、ほんのわずかですよ」と言って下方の川の中に入りながら手を振り、水の流れていない所で平らな片手に入るくらいのやや小さいな石を五～六個探して、川の流れに沿って石切り投げを始めた。

兄は石投げが上手で、投げた石は流れる水面を五回ほど水切りで成功した。僕も投げたが、兄のように上手に出来なかった。一回目は失敗してしまった。兄はきちんと石を投げる手の角度を、「肩から下げる腕のサイドは約四〇度位にして、肩を横に向け水面に水平にして投げるといいよ」と、形を作り、「まず兄がやるのをよく見てから投げなさいよ」と教えてくれながら投げると、二度六～七回水切りをし、最後の二～三回は水の上をなめるように進んだので、それは「どうしてか」と言った。「そこは川の流れがやや右側に曲がり始め、深く流れが緩やかになったからだよ！　今の投げ方分かった？」と言いながら、石を持って投げる練習を一緒にしようと言い、まず形からと言い、投げる方向を指示した。僕は兄の言う通り石切りをしたら、四～五回ちょんちょんと石は水を切り成功した。兄は手を叩き「上手、上手」と言い、僕の投げた結果を褒めてくれた。三回目も四回目も石切りは上手に出来て、本当にうれしくなった。失敗のままだったら、今日の午前中の心の安らぎを壊してしまいそうだったが、兄の教えにより、楽しい午前中を有意義に終えられた。「兄さん本当にありがとう」と右手をなでなでしながら言ったら、「松太、良かったね」と軽く頭を撫でてくれ、僕は兄弟の心は一緒だとの思いを再度認識したのだった。

二人共約一〇分ほど川の中にいたので、かけ足で家に向かった。家の近くで歩きに変え、午前中の楽しかった事を家に持ち帰り、午後に繋げたい思いで家の中に入り、「ただいま」と二人が揃えたように言うと、母は二人の声を聞き、さっそく大きなお盆に二人の大好きな大振りの『ボタモチ』と『いなり寿司』を大きい皿の上に山盛りに載せてくれた。「おいしいよ」の母の声が聞こえ、「今日だいぶ歩いたからお腹が空いているでしょう」と言い、台所から出て来て「さあ、食べなさい」。僕は『ゴックン』と喉を鳴らしてしまった。「手をきれいに洗い流してから」と僕は言うと、母は「そうそう、今日は外でいろんな物を触っていたから、石鹸を使ってね」。二人は手を拭きながら座った。大きく目を見開いて「いただきます」。やや声高で手を伸ばした。母は「ぼたもちから食べるのよ！」と言い、僕は食べ始めながら「母さんも一緒に食べましょうよ」と言ったが、口の中はいっぱいになっていて、声がまともに出せないほど最初の一口から「おいしい、おいしい」を連発した。二人は、共に二個ずつ食べ、お腹は満腹、おかずはぬか漬けのキュウリ、ナス。母も一緒に揃って食べながら、「ああ、おいしいね」と頭を縦に少々動かしながら、粒あんは糖分をやや抑え、塩分も少々入れ、あずきの味を引き出して美味しく出来ているると、料理の腕を少々自慢しているようであった。しかし、さすがにおいしかった。

今日の昼食の準備は、一部は前の夕食と一緒に作り、早朝に作り置きをしていたのよと腕自慢ではなく、母は言った。これは心のこもった事前準備であり、たまにきつい母ではあるが、二人の喜ぶ姿を見て、自然と思いは通じ合い、僕は心のこもった事前準備とはどういうことかを知り、大変勉強になり、また勇気づけられた。僕はおいしい食事に再度「ごちそうさま」を言うと、母は「良かったね」と言った。当時は砂糖の生産が少なかったため甘い味付けの料理は少なく、年間で何回あるか、お祭りの時くらいしか口にできないものであった。

「午前中、自然の中での体験はいろんな好条件が揃っていたので、心豊かな一時を過ごして良かったね」と言い、そこには母の家族愛を感じたのであった。五〇分の昼休みを終え、午後、向こうの道筋に向かって出掛けようと、母が出してくれた大きい湯呑み茶碗になみなみと二杯水を飲み干して、水分不足にならないようにして、外に出た。

午後も引き続き好天で、母を中心に両脇に僕と兄は片手をつなぎ、竹カゴに切る物を入れ、、大自然と一緒というような新しい、楽しい出合いに期待を胸に、手を当てた。そして太陽さんに向かって両手を合わせ、「お祈りをしてからゆっくりした歩調で行動しないと、日中は五月とはいえど気温が高いから、熱中症に注意するのよ！」と母は言った。「二人の『安全、安心』を自ら実行する意味が含まれている事を知っておきなさいよ！　好奇心で物事をする時は、やはりよく考えて実行しなさいよ、恥をかきながら色々覚える努力では気分が悪いでしょう。又自ら反省する事は、言い換えると過ちを知る事ですよ」と母は教えてくれていた。ありがとうございます。

青空にやや白い浮雲がたなびき、白い雲の動きはゆったりとしていて、天気が安定している証である。皆は上の方ばかり向いたので首が少々痛くなり、真正面を向き、歩き、川に架かる橋の上で停まった。「昼前に石投げをした川の流れを見て」と僕は言った。自然に曲がりくねった深い水の所は、水の流れがゆっくりとしており、それは周りの雑木に一部が引っかかった所で、空の色が濃く映え、水面でキレイなターコイズブルー色に見え、それぞれの変化がよりキレイに見えていた。少し手前の川の流れの見所ですよ、と指先をさした所は川の流れがさらさらと流れており、それぞれの水の深さと流れの速度に合わせて『メダカ』や『エビ』達が浅い水の所で、川砂が細い所で水に向かって登ったりしては流されたりする事を繰り返して楽しく遊んでいるように見えた。やがてメダカが編隊を作り、何かのゲームでもしているようにも見えたり、または水の中の単なる『戯れ』なのかも知れない。思わず僕は「かわいいなあ」と小声を出していた。「ここは童話の世界に出て来るような思いですよね」と母は僕の肩を軽く叩いて、橋から下方の川から目を離して歩き始めた。

畦道に沿って歩いていると昆虫が住むような木も何本かあり、その下にはトゲを付けた高さ一メートルくらいのボケが約一〇本ほどが立ち上がり、横幅五〇センチ位に膨らんで枝をつけ、薄赤色の花はすっかり開いてしまい、赤い蕾は赤色で咲いている。蕾は花の半分ほどの大きさで、同系色で明暗が自然と付いておりとてもキレイで、『ミツバチ』が花の中を覗くように、お尻を外に出したまま入り込んで蜜を吸い求めています。しかし、枝にはトゲがあり、ミツバチは鋭い針を持っているので、植物も昆虫も互いに他の物を寄せつけないのだなと、僕は判断していて、母は「とても良い花の見方をしたね」と言ってくれた。

春ジオンが畦道の畔にも陽光を受け、美しく輝いている。花に昆虫はついていない。きっと蜜がないのか、しかしアリは土から茎に付き、花の先まで上ったり下ったりしている。働き者のアリの動きは、どこでも見受けられる。

畦道を歩いていると、橙色をした『ポピー』の花が珍しくこの場所で咲いており、なぜここで咲いているのか不思議に思った。すると母は、「小鳥達が各家の花壇に咲いている花の種を餌として食べた後に『糞』と一緒に撒き散らしたので、けっこういろんな花が咲いているのですよ」と教えてくれた。「ああ、そうなんですね、いいことを教わった」と言いながら、後ろを見ると五メートルほど後ろを歩いている兄は、足元にいる小動物に興味を持って、手の中に入れて、臭いを嗅いだりしている。特に兄は昆虫を取り上げて背中を見たり、引っくり返して足の数など数えたり、一人言をつぶやいていた。

「普通の虫はほとんど六本足だよね、しかしその中には手の部分もあるから、それぞれ虫によって住む場所の環境によって違うんだよね。特に足に毒を持っている『毛虫』は両足を数えると二〇本位付いているよ」、と広い範囲で調べている兄の様子は、僕にはまだまだ真似すら出来なかったが、「さすが兄だね、また別の時に教わるよ」と言うと兄は、「うん、うん」と笑顔で返事をした。

また僕は地面にへばりつくように赤い実が付いているのを見て、取ろうとした。すると母は「大変だよ、そのおいしそうに実をつけたものは『ヘビイチゴ』と言い、ダメダメ、この赤い実は足元でちょろちょろしている『子トカゲ』や『ベビ』などの細長いは虫類の動物にとってはフルーツであり、人間には毒なのよ」と言いながら、母は僕の手を長いエプロンの隅の所で三～四回丁寧に拭き取ってくれました。「あらかじめ言っておかなければいけないね」と母も反省していたが、「事前に何が起こるかの予測はつかないからね!」と言った。「何でも幅広く知っているものだなぁ」と、僕は心を打たれた。これからわからない事は教えていただく事と、自ら学ぶ努力をしなければならないと、この大自然の中だからこそ、その気になれたのだと再度自分に言い聞かせた。

畦道の先には広い緑の広場が僕等を歓迎しているかのように咲いているではありませんか！　そこに着く途中にはタンポポの濃い黄色が、誰でも知っている花ですが、緑の平原の中で陽光を受け、黄金色に映りとてもあざやかで美しい。一部はすでに花が咲き終えて、花の先に綿帽子をつけ風に吹かれて、ふわふわと低空を飛び回っていた。

母はたくさん咲くタンポポの長く伸びた元の所を指先でちぎり始め、ほぼ同じ長さの茎にして、その茎先に咲く花を揃えてほぼ同じ長さに手で切り、二本ずつ編むように束ね、『髪飾り』と『指輪』を三組作り、母は「男の子でも似合うよ!!」と言いながら、兄弟二人の身に着け、ちょっとお世辞付きで「男の子にもよく似合うね」と言った。大人の男性では無理だが、子供にはかわいさがあり、それなりに褒められると嬉しいものである。

僕は「やはり女の人は長めの髪があるから、似合いますよ！」お母さんが着けると若々しく見え、陽に向くと美しく映え、ますます若かりし頃に見えた。本当に思った事をまじめに言うと、母は口元を両手で押さえながら笑っている。きっと日頃のストレスが一挙に取れたのでしょう、楽しそうに一時を過ごした。

そして再び歩き始めると、紫色の『アザミ』の花が咲いているのを見つけた。黄のタンポポと色合いがよく調和してキレイで、春を盛り上げている。このアザミは歌にも歌われている花で、じっくり見るとたくさんの穂を集めて花の下の所で緑の集合体となっていて、花の方の部分でまとまり、茎に付いている花や葉には多くの『トゲ』が付いている花である。「花を見るだけよ」と言っているようだねと、母は花をよく観賞しながら、「この花は本当に素手で触ったり、取ったりしたらダメね」と言いながら、アザミの歌を一節だけ上手な節まわしで歌って聞かせてくれました。

目の前に咲いている花の前で歌う事で自然美と調和して、心も安らかになりましたと母は言い、歌詞の中に『まして心の花園に咲きしあざみの花ならば』の所は、なんと言いましょうか、癒されますよねと母は目元に『キラー』となみだを出していました。

そして両目をハンカチで押さえていました。「やはり私は女性なのね、とても良き感動の思いが出来た事は幸いでしたよ」と僕等に久々に母の本物の感動を見せていただいたのでした。広い緑の空き地に花の咲かない、葉の裏が白っぽいこの草は何と言うのでしょうと聞きますと、母は「そうそうこの草は『もち草』なのよ。一二月から五月の間にこの野のどこにでも生えていて、このもち草は色々と物語があるの、と言ってさっそく話を始めた。

母は、畦道の雑草の上にタオルを敷き、どっこいしょと座り休憩した。爽やかな風を受け、母の顔は少々汗をかいているようだった。数分後気合いを入れて「よいしょ」と立ち上がり、「まずこの草の本名は『よもぎ草』と言い、一般には先ほど言ったようにもち草と呼ばれていて、この時季は温度がやや高く、日の当たりの良い所ではこのように二〇センチ前後まで成長してるのよ」。そして、僕が遠足で行った事のある、地元の近くに生家のある『塙保己一』先生の子供時代の話をした。「先生は子供時代に不幸にも目が見えなくなりました。皆知っている通り、少年の頃の話をします。少年の頃の名は富之助でしたが、毎年春になるともち草取りが楽しみで心の支えになったと聞いています。いつも富之助はお母さんと共に近所の野原に出て、目が一切見えないのにもかかわらず、もち草を『摘む』のが上手で、しかも速くできて喜んでいたそうです」。

母はこの話について『クイズ』を出した。このもち草を、どうしてこんなに簡単に目が見えなくても摘むことができたのか？

さっそく僕に質問が行った。僕は少々考えて、「手触りで葉の形を判断しました」。母は「いいえ、違います。次、新五は？」とたて続けに質問が飛んだ！「わかりましたよ、この草は食べられるので、歯で噛んで確かめる事です」。「少々近いが違いますよ！　それでは正解を言いますよ。富之助少年はいつも草の『香り』で判断して、他の草との区別をしっかり身に付け採集していたとの事でした」。

さっそくもち草を摘み取り、二人は匂いを嗅ぐ簡単な方法をやってみました。この草の香りは甘い草の匂いが思ったより強く、おいしそうに感じられ、周辺の花の香りとブレンドして春を盛り上げている。我が家でもお正月とひな祭り、そして五月の端午の節句にもち草を摘む。母は鍋で軽く湯がき、水分を絞り、臼でついて餅の中に入れ、再び杵でつき上げ、全体の色がやや薄い緑色になった所でつき上げを終わり、麺棒で平らに延ばし、草もちの出来上がり！　そして白い餅と交互に合わせて、お正月には神棚に供えて、新年を迎える。ひな祭りの時は菱形に切り、白色と緑の色を一枚おきに組んで雛壇に飾って、キレイな和装の人形の前に飾って、祭りの雰囲気を盛り上げていた。五月の端午の節句も同様に飾って、それぞれのもち草の役割を果たしていたのよ！　ほんの一〇分位であったが、母は色々教えてくれた。

そして午後のこの先は益々楽しくなって来ました。さらに二〇メートル先の畦道には、三つ葉のクローバーが、白い小さな手まりがたくさん乗っているように咲いているのが目の前に近づいて来た。さっそく僕は三つ葉のクローバーの中から四つ葉を探し始めた。めったにない四つ葉を見つけると、幸せを呼ぶと言われていて、子供達は真剣に探しているのをたびたび見かけるが、二人はあまり本気で探さなかった。兄はたまたま学校の仲間が見つけて、古い本に挟んで押し葉にして、大切に持っていて得意になっている女子を見た事がありましたと言った。兄は四つ葉のクローバーを『突然変異』だよと、負け惜しみを言っていた。

僕はその難しい言葉の意味を知らなかったので「教えて」と言うと、兄は「その意味は言葉通りで、変わった物がたまにはあるのだ」と簡単に答えてくれた。つい僕は難しい言葉に惑わされていたが、声を出して聞く事により理解するのが早くなり、聞く事の大切さを知って良かったと思った。

さらに先には薄い赤紫色をした『レンゲ』の花が足元の畦道から休耕田に多く咲いており、花の広がりは里山の周辺まで続いている。また、先の民家に一時間ほど前に眺めた時よりも『かげろう』が幻想的に見えていて、この光景は何回見渡しても、このキレイな遠近を表現した様子はすばらしいと母は再度言っていた。僕は母の言葉に合わせて、図画を先生に教わっている『風景画』に画いたら、まさに遠近のある絵になるでしょうが、僕は「今の風景はとても画けないよ」と母に言ってしまった。「そうね、こういう所は絵に画くのと、見て楽しむのは別々なのね。松太はまだまだ相当学校の先生の教える画き方を教わり続け、何十回となく練習しないと簡単には画けないのよ！」と言い、励ましてくれました。僕は少々上手に画けるようになったら、この場所を覚えておき、「母さん必ず画きますよ」と言いましたら、「松太はがんばりやさんだからね」と少し心を弾ませて、宿題をいただいた思いがした。来年はこの風景を必ず画く決意とは言えないが、「画きます」と言って、ここに再び来る事を心にしまっておこうと、胸を少し両手で撫でた。

母は足元に重なるように咲くレンゲ草を三〇本ほど束ね、手草で編むようにまず首飾りを、「今度は自ら着けるのよ」と言い、頭には冠、首には長い首飾り、腕には手飾りを纏い、「どう、似合う？」と言いながら振り返り、にこやかに笑う顔を見せた。

僕は「うわ!!　キレイですよ」と言った。母さんの嫁ぎ時は知りませんが、おそらく若くて美人だったのでしょう。その時から何十年の時は重ねていますが、やはり女性は長めの髪があり、やや丸顔で雰囲気が備わっていて、「とても似合いキレイですよ」と、今度は兄が言いました。僕は母の姿を見て、「いつまでもいつまでも美意識を持ち続け、長生きしてね」と母の顔に見入って、自然と言葉が出ていました。

母の目には『キラッ』と光るものが見え、「ありがとう」と言った。わずかの事でありましたが感情が高ぶったのでしょう。言葉が少なくなり、我に返り本当の笑顔を見せてくれた。この喜びの笑顔は図書室で本を読んで感動を覚えた時よりも、はるか数倍感動し、この尊い本当のかけがえのない思いを自分の心にしっかりと納めておきますよと、僕は小声で言っていたのでした。

その後、母は「再びタンポポについて教えなかった事を付け足ししましょう」と言い、「実はタンポポは葉から根まで食べられるのよ。たくさん生えているこの草を引き抜き、きれいに洗い、葉の部分は湯がき、刻み、他の野菜と同様ご飯の時に食べると香りも良く、おいしいよ!! また根はごぼうと同様、細く五センチほどに刻み、キンピラとして食べるとおいしいよ」と。タンポポの隠された簡単な食べ方を教えてくれました。僕達にはあまり興味はなかったのですが、食べられる野に咲く花で一般に知られていない事を教えていただきました。

またレンゲ草についても付け加えて教えてくれ、「この花は根の部分が肥料の役割をしていて、この花を引き抜いて見ると『根粒菌』と言う茶色の小さな球根がたくさん付いていますよね」と言い、引き抜いた。僕は「本当だ」と言い、その先の話を聞いた。これが窒素肥料として役立つのであるというのは、父の教えでした。それでわかりました。きれいな薄紫のレンゲ草が広く咲き誇っているのは意味があった事がわかりました。六月になると、田んぼを耕し、稲を育てるのに役立っていることを知り、「また野で学ぶ事が出来て勉強になりました」と母にお礼を言った。

三人は再びキレイに咲いた野花を見ながら、僕の音痴な声が入りました。童謡を大きな声で歌い、足取りも軽く、東方に向かっている時に、母は花が咲いていない所で止まり、「母だけが知る『うんちく』を、今日は『何十年』も秘密にしていた事を教えよう」と言い、これは二人だけに教えるので「約束してね」、他の人には絶対に「内緒」と言った。二人はそれをぜひ教えて下さいと両手を合わせて言った。「この教えは守れるか約束できますね」と言い、「この花の名は母さんが知る中では『一番長い』花の名で、しっかりと覚えなさいよ」

「今日は『一度』しか言わないのでしっかり覚えなさいよね」と言い、「花の名はひらがなで文字が長いですからね。それでは伝えますよ、いいですか……。『りゅうぐうの、おとひめの、もとゆいの、きれのはし』。以上。長いでしょう。今日は学校と違いメモをしたくても紙は一枚も持ち合わせなし、暗記で覚えるしかないわね」と言うと口をつぐんでしまいました。

僕は「覚える方法を教えてちょうだい」とねだった。すると、「これは『五語』、『四節』なので、この調子で何回か声を出して流れるように読むと早く覚えられるよ」と言っていました。

「母さん一回しか言わないと言っていましたが、一回では覚えられません。お願いです。最低三回位教えて下さい！　お願いします」と『素直』に言いましたら、母はきつい顔付きにやや笑みを浮かべて「そうよね、一回で覚えるなんて難しい『テスト』みたいだね」。そして五つの言葉で四つの切れ目をとり、さっそく繰り返し言い始めました。

母は我が子にはやはり甘さを見せてしまったが、暗記力を付ける良い機会であり、およそ一〇回ほどで二人は完全に覚えた様子で安心していました。母は子供の頃に教わった事を大事にして、永い間心にしまっていたのである。長い言葉を我が子に伝えられたことで、本当に心より喜びを感じ、またこの教えを自然の中で楽しくやれた事に安心していました。

今日は五月上旬で、日も長くなり里山へと足を速め歩くと、幅四メートルほどの小川に出合った。ちょろちょろと水が流れていて、魚は見る限り生息しておらず、母がびっくりしたカエルの仲間がたむろしている川の畔を見たら、柳の木は緑の新芽を広げ、緑に覆われているためか、日の光はあまり届いておらず、中を見るとトカゲの尻尾が動き、不気味であった。しかし、親の脇にいる子トカゲがかわいらしく、尻尾を振りながら水の中に隠れてしまったので、捕まえようと手を入れたが、子トカゲの動きは速く、見つけられなかった。

さらに川の中をよく眺めると、おっとりとした、身を守る為に保護色の黒茶色をした大きな『ガマがえる』が、少しも動かず、後ろ足の長い部分を折り畳み、じっと口元を横長に結んで座っている。母はその大きなガマガエルを右手の指をいっぱい広げ、背中の部分をつかみ上げ、裏返しにしてやや白っぽい大きなお腹を軽く「ポンポン」と叩いたりしていた。僕も叩いてみたが、思ったより柔らかいと実感した。「お腹の大きいのは子供を身ごもっているのですよ」と言った。このカエルは大人しい動物で、人が触っても表情を変えず、後ろ足を揃えて座っているのが常で、兄も持ち上げたが、「このカエルは重く、不気味な感じがする」と言い、「何か見る時は自ら目を動かして見るのではなく、周辺の物がカエルの目に映って、見て行動する生態の動物ですよ」と僕に教えてくれました。さっそくカエルの顔に水をかけたが、まったく動きはなかった。

母はもう一度カエルに近づき、「どっこいしょ」と言いながら二度目には、「教える事がある」と言って持ち上げ、横長の楕円形の口を『パックリ』開けさせ、「二人共よく見なさいよ！『この横長の口の形』が、皆さんが持っている小銭入れの『ガマグチ』によく似ているでしょう」。最初は母の言っている意味が分からなかったので、二人は『キョトン』として一分間ほど考え、「ああ……そうか……あの小銭入れと『同じ形』なのね」と、ガマ口の意味を理解した。なぜ理解するのに手間取ったのかというと、通常僕達はほとんど小銭入れなど持っていないのも原因していたのでした。

しかし『生きている本物』のカエルを小川の中で見て、実感させられました。納得、納得。小川の畔に沿って歩いて行くと、青色をした厚さ五〇センチ位の厚みの石橋を僕は渡ろうとしたが、橋の下には少々水が流れています。その水の上を歩くように『カンカチ』と言う細い針金のような足をした虫が五～六匹、水の上を軽やかに跳ね回っている。母は「人間には水の上をこんなに歩く事はとうていい無理ね」と、カンカチに代わって笑いを込めて言うので、僕等も笑ってしまいました。そしてカンカチの身軽さと動きに感心していたのでした。

がっちりとした石橋を渡り、東方へ向かってさらに一〇〇メートルほど小川の側の小道を進んで行くと、先々には低木が生い茂っていて、その先は太陽の輝きが少々薄く、春霞も緩やかに見えている。兄は指を示し、「あの辺には大きな『ヘビ』がたくさんいるぞ！」と言ったので、「僕は本当？」とやや驚いたのでした。脅しだろう!!　と思ったが、多少の恐怖心を持ちながら、さらに進んで行くと、兄は小木に一メートル位のヘビの抜け殻を発見した。その抜け殻を木から抜き取り、「本当だろう！　ヘビが住んでいる証拠だよ！　気を付けて歩いてね」とつけ加えた。トカゲやカエルと違い、毒を持っているヘビは何種類かいる。背の部分が銭形模様の『マムシ』や、背が小判形の赤い色は『ヤマカガシ』、この辺には人がほとんど来ないのでヘビの天国である!!　再びヘビの抜け殻に出合った野原に出ると、母は「こうしたことを予期して長袖、ズボンを身につけると安全なのよ。母さんは今日出掛ける準備は、こういう危険を考えていたのよ！」と言った。

さらに一〇分程で小高い山の麓に着き、一段高い所に横幅五メートルの車の通れる道に出た。「左側に行くと確か自分の学んでいる小学校だと思います」と言いましたら、母は「その通りですよ。すると右側方向は夏祭りのお神輿が行われる町の方向になりますね」と言い、頷いていました。

この場所から一〇メートル位緩やかな山を登って行くと、そこにはお盆やお正月に使う松が、針のようなトゲ状の濃い緑の葉をたくさん付けた小枝の小木が、生々と成長している。「この木は、特にお正月の門飾りとして、毎年新年を迎える時に各家庭の入口で飾りとしての役割をする木ですよ。大人で男子の皆さんは、一二月二八日までにこの松を使って準備をすると、益々正月のムードが上がるんですよ」と言いながら、さらに上方に登って行くと、楕円形の盛り上がった所に辿り着きました。

母によると、この場所は約二〇〇年前にこの地方を治めていた『武臣の墓』で、この中には『小判』、『刀』などの貴金属が一緒に埋葬されていた。しかし戦争で金属製の物を使う必要から、残念でしかありませんが、歴史上大切な文化遺産を掘り起こしてしまったのでした。場所によっては人目を避け掘り起こされていて、とは言うけれどほとんど荒らされている所でした。

当時は神社や寺の外回りは注意していたと、父から聞いていたと話していただいた。僕はこの話は最初あまり感心がなかったが、当時の話を久々に耳にし、現場で見聞きしてわかり始め、感心を持ち、しっかり聞き勉強になりました。「母さん、ありがとう」と言いましたら、「いいえ、母さんも実はよく知らなかったのよ！」ということで、父の教えで本当に分かったのでした。

小高い山を登り、小道はやや下り坂になり、二〇〇メートル先に直径四〇〇メートルほどの、やや楕円形の池に着きました。この池には確か数回来た事がありました。盛夏の太陽が照り付け水の中まで少々温まっていたので五人の友達と一緒に水浴びをしたら、皆んな喜んでいたのを思い出しました。今日は水の温度は上がっているかなと足を入れてみますと冷たく、足をすぐ引っこめた。砂場に戻ると、母は「太陽は輝いていてもまだ春先よ、冷たいのは当然」と持っているタオルで拭き取りながら、「こうゆう時は母さんに聞くのよ！」と言われ、「すいません」と頭を下げました。母は近くにある池の看板の、夏に飲み水が不足した時にと造った人工池の表示を見て、「ああそうか、事前の準備をしているのよ」と言った。僕は先輩がいざ水不足にと造った池で、これも僕は一つの学びであり、母は「やはり子供に聞きびくびくしているようではいけないよ、たまには勇気を出して、やりたい事をしてみなさい」と励ましを言っている母は頼もしいと言うと、母は「そういう事でもないのよ」と言い、僕は難しい教えに関しては自分の質問があいまいなのに気付き、「母さん、ごめんなさい」と言うと、「まあまあ、いいじゃないのよ」と軽く言っていた。

この池の周りには中木がたくさん生えていて、前にも言ったように池の周りにクヌギの木があり、早朝の昆虫採集には絶好の場所ですが、自宅からあまりにも遠いので、ちょっと無理です。母は「家の近くにもたくさん、昆虫が住む所のクヌギ林があるので、あまりここの場所まで無理して早朝欲張っては、朝の徒行が出来ないよ」と言った。僕は欲張りな気持ちになったことを反省した。

水面に濃いグリーンの木が映っている所では、色のきれいな水面に目が向き、しばらく緑の明暗を眺めていると時間は過ぎ、さっそく足早にきれいな里山から足早に降りた。平原に出て、三人は『夕やけ小やけ』を合唱しながら、皆で顔を合わせて歌い終えて、足早に我が家に向かっていた。「母さん、早足するのは大変でしょう」と、僕は自分が子供なのに言いましたら、「松太こそ大丈夫」と聞かれ、「そうね、僕は小幅の足で、母さんを案ずるより大変だよ」と言っているうちに家に近づき、いつの間にか、一日お世話になった太陽さんは、西の空に向かって移動して、赤橙色に変わって来ていた。母は相変わらず絵に書いたような光景を語り始めています！

その天空を高く飛ぶ大きな鳥は、一定の間隔を取り、遠方の森に向かって飛んでいって、やや小さな『ムクドリ』は群れをなして飛んでいる。今日の飛び納めをしているかのように、横一列になったり、何重にも重なり合ったりして、まるで飛行ショーでも演じているかのよう。やがて雑木林や民家に近い木や竹やぶのねぐらに降り、にぎやかに声高にさえずり合い、今日の出来事でも楽しく語り合っているのでしょう。

一方、上空を飛んでいる大きな鳥達は、鎮守の森にある御神木に集まり、小鳥達と同様、いろんな思い思いのことを語り合っているのでしょう！

その御神木は太く、子供が五人で手を繋ぎ一回りするほどの太さがあり、高さ四〇メートル位ある。木の根元は一見すると根張りの部分は動物園で見た本物の『大蛇』にちょっと似ているよねと言いながら、小さな子供達も遊びを終えて家路に帰り始めている。飛んでいる大きい鳥達は大空から下界の様子を見て、「人間には大空を飛べないね！　こんな楽しく上空から見るものがたくさんありますよ！　しかし残念！　飛べないよね」と言っているのかもしれませんね。飛行機はありますがね。

これらの事に気を取られているうちに、西の空を再び見渡すと薄雲は広がり、夕焼けはキレイな赤橙色から、少々黄金色の空となり、横にたなびき、雲の下の太陽は山裾に沈み始めた。母は、「このわずかの時を見なさいよ」、と言った。数分間きれいな空を眺めながら、今日一日お世話になりました、と太陽さんを見届けていた。松太と新五はやや感傷的な思いで自然の美しさを讃え、両手を合わせて、心の中でお礼を言った。

また今日は母から心の籠もった思いやりの教えと、『数々』の『実体験』をした事を頭の中に刻み込み、とても楽しく、必ず将来にわたり忘れられない思いとなることと思われた。

僕は再び空を見上げた。夕闇が迫る東の空に、学校で学んだ一等星の『金星』が輝き始めたのを見ながら、二人と一緒に、今日は親心と言うよりも『友』として『遊び』、『学び』、色んな過ごし方をした。このような遊びと学びは、学校や塾で学ぶ事と同様大切であり、僕等の周りにたくさん潜んでいる『病原菌』から身を守る『免疫』の増加にも役立つものであり、『心の健康』を増加させる源であることでないのかと思う。母の幸せな姿を久々に僕は見て、これから先、母にあまり心配をかけないように努力する事、現実に少しずつやらなければならない事に気付き、勇気付けられました。

母は、『自然』は子供にとっては大切な情操教育に大切な場でもありますからね、と淡々と話しながら旅情も感じたと言っていた。

第二章

大志を持って学びの心を広げよ!!

朝陽に映え、薄色ピンクの桜の咲く正門に、四回目の小学校の学窓へ入ろうと桜と共に父さんは、いつもの思いやりを込めて「松太、十才四年生だね」と父の喜び声に、僕は心より喜びました。しかし、担任の先生が替わる。それと教室も二列目に横に三列ある、両横中間に位置した校舎の列に囲まれている所になる。そこは日頃見ていた所で、別に何とも感じませんが、しかし三組に分かれていて、仲良く一緒に学んでいた友人も又ばらばらに別れてしまう。「組替えはしてあるのかな？」と僕はやや不安の声で言うと、父は、「もう三回も経験しているので自信を持ちなさいよ」と言われ、その言葉を聞き、僕は胸をなでおろし、安心し、父が付き添って来てくれたことを有難く思った。そうそう、一年生入学の時には、正門から校舎の入り口の右側に二宮金次郎の銅像があり、家で毎日使う『薪』を背負い、本を手で持ち読んでいる姿に、「家の手伝いをしながら学ぶ事を教えている姿ですよ」と父は教えてくれた。

今年も父は学校まで一緒に歩きながら、色々の話をしてくれました。まず学年が上がると、『基礎の教えは理解して、しっかりと学ぶ』ことと、それぞれの教えが当然早くわかるので、『頭の中』にしっかり取り込み、『覚え』ること。しかし、素直にわかりづらい事も多く出てくると思いますよ、と。父はただ教科書を読むのではなく理解できないところは先生に遠慮なく『質問』をしっかりして、ノートするのが学習なのだと教えてくれた。父さん、その通りですね！　今日から僕は学校ではしっかり教わり、自分の机に戻って復習したり、宿題も必ずその日のうちにします。「父さん、こうして今日の新学期の初日の登校途中にいろんな学びについて話しながら、三〇分間ぐらいの時間を有効に使ったのは、一年に一度ぐらいしかないかもしれないよ」と僕は父にお礼を言いました。

学級は今回は前のまま変わらず、同じ学友と僕は手を取り合って喜び、うれしいのは僕だけでなく皆も喜んだ。さらに担任の先生も変わらず、僕も皆も手をつなぎ、はしゃいでいたかも知れません。仲良しの生徒は、「松ちゃん、今年も一緒で良かったね」と言いながら、僕に近づきにっこり笑い、「また一緒に頑張ろうよね」と言い、再び「勉強だけが学校ではないからね」と言ったので、友に元気づけられたり、勇気づけられた思いがして、僕は自然に楽しさが湧き「うれしい」と言うと、友人も「本当に良かったね」と言い、再びお互いに目を合わせて喜んだ。

教室の中で担当の先生は「また今学年も皆さんと一緒に勉強できることになって嬉しいですよ。しっかりと学習をして下さいね」と、一言の挨拶で終え、時間割表を黒板に書き、「今後の時間は体育や図工をやや多くしましたよ」と言うと、生徒は「そうそう」と言っていた。学年が上がって来たので少々時間数が増えている。特に僕は図工が二時間多く組まれているのを見ながら「良かった」と言ってしまったが、この科目は担任の先生ではない。「今までの先生ですか」と僕は質問しますと、「そうそう変わらないよ」と先生はさらっと答えてくれました。僕は心の中で「良かった、良かった」と安心しました。

そして小学校一年生の入学式が講堂で行われた。全校生も集まり、毎年行われていた胸に名札を付け、僕の家では一年生入学時は三つ揃えの和装が兄から弟へと引き継がれていた。僕は四年前の入学式をしっかりと覚えていました。

今日の行事を終え、いつものように下校して家に帰りました。家庭で両親は、「松太は自分で色々判断できるようになったので、母の言う事がわかるでしょうね」と言い、「母さんだけでなく、他人の迷惑になる言葉遣い『悪い言葉』を使って他人の『悪口』を言わず、何かを注意された時があっても少し時間をおいてから反省するのよ！　そして『反省』してからごめんなさいを言うのよ!!　それが『反省』なのよ！」と母は言ってくれました。そして「素直な子供になってね」と言い聞かせる母の顔は少々厳しく見えて、僕は「わかりました」と返事をした。

僕は時には『悔しがり』涙を流した事もあります。僕のいけないのは分かっていても、少々意地っ張りの所を見せ、「嫌だとすねた小さな時からみるとずいぶん心も成長したのね」と母は言った。僕は「母の言う事は覚えておりませんよ」と言うと、「そうなの」と軽く受け流されて、「親子の繋がりは自然と良くなっていたのね」と言った。さらに僕に「自らの『甘え』はなくなっていますね」と言ったので、「そうですか、僕は気が付きませんが」と言うと、母は過去の悪かった事は反省すれば忘れていてもいいのよと、さらっと言う気持ちが今ではわかるような気がします。母は世間について少し教えてくれている。「それは家庭の事情により、それぞれの子育ての方針が少々違うのは当然よね、かなり悪い事をしない限り注意は出来ないものなのよ！」。

それは自分の子供が陰で何をしているかまで分からないでしょうからね。ああ、そうですね、僕にもわかりますよ。だから人が見ていないからと思っても、きっと誰かは見ているものだと思い、いつも注意しなければいけないことが、母に言われてわかりましたよ！母さんの人を育てることの難しさは僕にもわかりますよ。僕も少し世間の勉強をし、正しく行う事の大切さをわかるようになりましたよ。母は何を取っても計り知れない事でも知るのにあまり深く考え込まず、まず「やってみる事を、試しにやってみてね！」と母は優しく話してくれ、僕は心を広げて聞き、また一歩前進したように思いました。

母はまた、父のことについて話してくれた。

父は伝統ある旧家の生まれで、城下町の家臣が先代である由緒ある家より、母方の西隣の植木職人の方に勧められ、一八才の若き青年が婿養子で母さんと結婚したのよ!! 美青年であったけれど、外には一切遊びには出ず、我が家の仕事に専念して、色々な事がありましたよと母は言った。

そして、「松太も少しは話に入ってちょうだいよ」「松太の気持ちも聞き入れないと話が続かないからね」と言い、話し始めたのでした。この事は僕にとっては重大な事でした。まず父の実家の兄さんは人に対して平等な心の持ち主で、僕の父と同様、他人からの人望があり、おとなしい人でありました。

そんな父でしたが、僕に一切話もせず、小学一年生から高校進学が決まるまで、毎年夏休みが始まると同時に二週間、実家で蚕に与える『桑摘み』をする約束をしていたのでした。特に父は尊敬する人だったので、僕は親が決めた事には、断る事はしないと思っていたので、男同士の約束ですからねと、引き受けました。やや強がりもありました。

しかし、もう三回も手伝っていますが、さすが真夏の『ギンギラ』照り付ける太陽の下で、大きな麦わら帽子を被り、『蚕』に与える桑の葉摘みは、小一年の時は体全体がまだ小さかったので、上方から照り付ける太陽熱と足元から上ってくる地熱に、大袈裟に言いますと溶けてしまうほど熱の中での作業でした。しかし、僕はただただがまんの子でありました。水を途中で二回ほど飲み、飲んだとたん汗がどっと出て、その時はすがすがしくホッとして一息つき、再び始めました。大きなカゴいっぱいに摘み、約二時間休まず全身を使い、手伝いに努力と協力をするのが使命であると僕は自分に言い聞かせての作業でした。

僕は作業が終了すると井戸から水を汲み出し、全身に浴び、ほっとしました。これが本当の達成感というものかと僕は何回か経験し、つくづくとその都度思い、負けるな、負けるな、努力だ、努力だと体を鍛えるスポーツでも同じ事なんだろうと、苦しみや、がまんは必ず後に良い事に連なる事と信じ、僕は他の友人や生徒にこの事は一切口にしなかった。

以前にも母が言っていた通り家により子供の育て方は多少違いはあるのは当然でしたが、実はそれなりの伝統通り、他人の家でも、食べることから始まり、『言葉遣い』や『礼儀作法』等の基本が、古来より備わっていて、松太は、まず『厳しく』きちんと学びを受け止められるようになってきました。またちょっと難しく考えすぎていたか？　と思い、もっと心をやわらかにしているのがいいのかも知れないとも思った。

母は、「他人の家で厳しく体験することは『将来』社会人になり、学ぶ事も同じで、少々の事には『屈せず』の心を身に付けておく事は、まだまだ始まったばかりですよ。松太、今後もしっかりと心に決めて実行しましょう」と、母は再び励まして下さいました。

今年の夏祭りが始まる前に、おじさんが「こんにちは」と挨拶して訪ねて来ました。母とちょうど夏休みの話をしていて、春から夏へと季節の動きが順調に進み、今日も梅雨の晴れ間でやや暖かい日だねと話し合っていたところでした。おじは夏祭りが始まる前に、いつも丁寧に松太が身に着ける半ズボンと半袖シャツを持ってきてくれ、今年も松太に「暑い中の作業をよろしくね」と言った。やや年寄りのおじの声も今日ははっきり伝わってきました。

松太は家の中から出て来た時におじは、「これからさらに毎年がんばれば『将来』きっと役立つでしょう」と言い、目元を押さえながら「松太は一度たりとも苦情を言わずがんばってくれている」と言った。母さんは「いつもすいません」と言い、「せっかくお持ちになって下さいましたので今回も頂きますが、来年からは気を遣わないようくれぐれもお願いしておきますよ！」「さっそくおじさんからの大事なおみやげを渡します。」松太は喜び、さっそく着てみて楽しんでいました。

おじは三杯ほどお茶を飲み厚い塩せんべいを食べ、母は半分位残ったお菓子を袋に入れ、おじに持たせてやった。おじの後ろ姿が見えなくなるまで見送った母は、子供達も他人の家で役立つとは、やはり本人の努力の賜物ですよねと、労いの言葉を言ってくれた。

ところでおじの弟である僕の父についてもう少し話しておきましょう。子供達の教育は熱心ですが目立つ事はしない。とても『謙虚』であり、世間の人々からは少々尊敬されている様子が窺われる感じがしていました。

『有名人県人年鑑』には父の過去や重要な仕事を成し遂げた事、家族の事などが掲載されているりっぱな本が五年も前に配本された。その『元本』が金庫に入れたままになっておりました。母が内容をしっかり見ると、家族の中でも二男はすでに教育者として現在活躍中。三男は中央省庁に席を置いているなどが記載されており、教育に関しては熱心であったようである。母はこれらが書かれた書籍をさらっと見せてくれたが、父は無言で金庫に入れ込んでしまった。

父のこの時の姿を母と一緒に見ておりましたが、このような姿が『本当の大人』で心が正に出来上がっている人物で、会社の専務をしていて、近所の人が言われていましたが、決して偉ぶらず、一般のおじさんの振る舞いをしている謙虚な人なのよと教えられて、僕は父の真心を知りました。

「これらの事は他人には一切内緒にしてね」と母は小声で僕に再度言いました。「父は重要な仕事をしている人なのだと僕は改めて知りました」と言うと、母は僕の頭を撫でながら、「松太も見習いなさいよ」と言った。

毎年父は僕の授業参観は見逃さなかった。教育関係はあえて何も言わず、必ず実行していて、授業参観の時は母は『我が家に昔から伝わっている服装』を、「着付けを手伝っているのよ」と、ベロアの中折れ帽子とセットになった、コート姿を手直しをして、いつも出掛けていた。

ある時この姿を僕に見せ「ここだけの話よ」と母は言い、父のこの立派な姿を見て、どう思うか言ってごらんと僕に尋ねた。少々とまどいましたが、すらっと出て来た言葉は「『紳士』ですか」。母は「そうそう、当たり」と楽しそうに言い、二人とも顔を見合ってにっこりとした。仲の良さを父に見られて、父もやはり微笑んでいた事を思い出しました。「父の外出は大変なのよ」。色々思いを巡らす中にも、行事に対してのきちんとした心得が出来ていたのは、さすがお母さんでありました。

そして今回も授業参観に出席している父の姿が気になり、僕はちょっとだけ振り返ると、後部に数人が並んで立っている姿の中に父の姿を認めて、誇らしい気持ちになりました。

家に帰り机に座って宿題をしていると、父が帰って来た様子がわかりました。今日の授業参観については何も言いませんでしたが、母は「松太はまぁまぁだったのでしょうね、心配はしていないよ!!」と言った。

ところで僕は小説を読む機会に出会い、読むことによりおもしろさ、楽しさが本の中に書かれているという大切な事の意味もわかり始めていました。担任の先生から教えられ、本当に幸運でした。また漫画本から離れられる事も出来ました。

教科書の内容は、母がいつも言っているように先生のご指導に従い、教えていただくのが学校の授業である事は当然であるが、他の『本』を読む図書室で学ぶのは僕の自由な事であり、ちょっと別の本を学ぶ楽しさを知り始めたのである。

今回物語の本を読んでくれたのは担任の小柄な先生、キレイでかわいらしい女性で、やや近づいて見ますと『目元』と『ひたい』に小じわが結構多くある様子ですが、上手に厚化粧で隠していて、両手で顔を押さえ、両肘を本の両脇に置き読み始めました。

たまたま家庭科を担当している若い先生が、一週間に二時間ある授業を休業中で、その時間を活用し、毎回一時間を使って図書室より持参した世界文学全集の中から「レ・ミゼラヴル」を読んでくれることになったのである。「ヴィクトル・ユーゴー作『ああ無情』名作ですよ」と言い、「最初の読み始めから最後まで約四～五回に切って読みますからね、前回との繋がりが大切だからね」とあらかじめ事前に注意していただきました。そして、登場人物に合わせて『声色』を出しながら読み始めていきました。

さすが先生、本読みは上手、聞いている僕もいつの間にか『ドラマ』の主役にのめり込み、とても感銘を受けてしまいました。

この物語を感動的に聞き、将来にわたり忘れ得ぬ一冊となった。他の生徒達も同じだったでしょう。先生は大男の太い声まで作り声で、上手に話すように読みました。

大男は何も食べていない童女に出合い、一切れのパンを盗んで与えてしまい、そこを警察官に取り押さえられ、なんと一九年間の刑務所暮らしから出所して、行く所がなく歩いている所を小さな教会の司教に呼ばれ、一夜を過ごした。

テーブル上に輝く銀の燭台の下で、今までの事を話しながら食事を終え、やさしい司教の勧めで一夜を過ごした。ふと目を覚ますと銀の燭台が目に入り、即座に手にして、早朝外に出た所を警務に取り押さえられてしまった。司教は、「この銀の燭台はジャン・バルジャンさんに天から与えた物です」と言い、許された。

その後、コゼットという少女に出合い、生涯を一緒に過ごそうと心に決めて、かわいいコゼットに大きな人形と花輪をプレゼントして大喜びされ、最後は神の世界に旅立ったという物語。物語の始まりは『無情』でありましたが、締め括りは『愛と感動』でした。先生が数日かけて、それぞれの人物に合わせた声で数回にわたり、まるで演技でもしているような朗読で、僕は感動にとらわれました。そして正義感の強い人に対して、しっかりついていく事も教わりました。

そして僕は映画を見ている時も同じように物語に入り込み、『本を読む』ことは『その気になれば』いつでもやれる事であり、『僕の知らない世界』にいつでも向かって進める事が出来る事、楽しくしてくれる事を実感した。職員室の隣にある図書室に一週間に何回か入室して、初めは童話的な物語が中心でしたが、このごろは一歩前進して有名な小説の本にも自然と目を向けるようになりました。

このきっかけを作っていいただいた先生に感謝致します。そして図書室で色んな本を探していて、この本の作者は？　と巻末を見ると、結構外国人の作者が多いのにはびっくりしました。たまたま室内に貼ってあった『世界地図』を調べて、この国はどの辺りなのかなあと指を当てて行くと、「あった、あった」と結構いつの間にか世界地図をよく見るようになり、世界の国々を知る事が自然と出来たので、世界が広がり、多少希望がわいてきました。

教科書まで巻末を見る事が多くなりました。僕等が小学生だった時代は、六月から一一月まで、以前にも言いましたように養蚕で、およそ半年の間に四週間ぐらい、全員の生徒が休学していました。その時期は優等の小学生にとっては大切な基礎堅めの期間であり、休学により三学期の教科書は三分の一は残されて、次の学年に昇級していたので、その辺の所を解っていない生徒は勉強が続かなくなっていた。そして、理解出来ないままになっている事を親も知らないでいて、「どうしてうちの子は」と言う事を僕は聞いていた。そんな事実は同じ子供の立場上僕はわかっていましたが何も言えません！　このような現実を知り、僕は教科書の巻末を見るくせを利用して、教科書の残りの部分を、以前にも話した通り早朝三時に起き、厚着をして学んだ事が時々ありました。

学校でスポーツは九人制のバレーボールをしていましたが、僕はあまりやらなかった。それは学校以外で家の仕事の手伝いでつかれた体を休めるためでした。図書室の静かな所で本を読む事が多かった。ほとんど日焼けしていないからでしょうね、女生徒からは『図書のヒツジ』、白くてやだなあ！」と言われていた。しかし僕はぜんぜん気にしませんでした。きっと遊び言葉に過ぎなかったのだと思います。何回か可愛らしい生徒に言われましたが、僕は少々楽しくなっていました。

そして別の学課ではとても楽しい学びがあります。外に出て自然環境の中で、自由に遊びや昆虫などの小動物と遊んだりしている事です。絵を描く風景もたくさんあり、母はただ遊ばせておけば多少『手抜き』できると言っているのが、僕にも聞こえていました。

夏休み前は家の仕事も少ないので、僕がまあいいかと手を抜いている様子を母は心得ていて、僕に二枚の画用紙と4Bの鉛筆を手渡しながら、「少ないけど、これでいい」「たまには絵でも画きなさいよ」と言った。あまり期待はしていない母の様子がわかったので、「母さん、しっかり画きますよ」と言ってしまい、さあ大変、口だけでなくちゃんと画かなければならないと自分に言い聞かせて画きました。「これは失敗」と言いながら消し、何回か繰り返しているうちにやはりダメで、しかたない裏面を使おうと思い、「よし今度は」と、気持ちでは画けますが思うように画けず、やはり土手に画こうとするからダメなのだと一人言を言って、一枚目はあきらめた。白い画面に黒い鉛筆の色で色を塗るのは難しいなあと言いながら手を休めて、絵はそう簡単に画けるものではないのだなとしみじみ実感した。

二枚目はやめようと言っていたのが兄に聞こえたのか、「松太は絵を画く基本があるよ、なんでも『基礎』から学ばないと出来ないよ」と言った。そして僕に快く、「いいかね」と言い、いろんな絵を画くヒントを出してくれた。松太は漠然と画く風景を眺めていて、どうしたら良いか考えてみて、少々わかりました。

画く目標を決め、そこの景色を親指と人差し指を広げ、左右の指を逆に合わせ、画面と同じ長方形を作り、その中に入る構図を見て前景、中景、遠景がしっかり入ることがまず風景画の基である。しかし風景画は難しい。りんごや花などの静物画と言われているのは案外画きやすいから松太は結構画けていて、他の生徒と並べてもいつも多少上位に評価され、学校で廊下に貼り出されることがあった。少し注目されているのを心の中で喜んでいるのだろうと兄に言われ、「とんでもないですよ、まだまだこれからですよ」と言いながら、僕は指を広げ風景画を画く姿勢をした。

今日は、まず兄に教わった構図を第一に、一番良い所を決めてから足元を決め、持って来た小さなイスを置いた。

何回か画いていくうちに、一つ一つ自分で画く方法がわかるようになってきたので、図書室で絵の本からも学ぼうとして探しますが、絵のことはほとんど知りません。図画の教科書は工作に重点を置き、絵については画き方編はなく、実技がほとんどであった。いざ画こうとしても教科の場合静物画で、誰にも書けるように先生は下書きから色塗りもほぼ生徒は同じく、先生が教えた通りに仕上げ、同じように上手な作品ばかりで、あまり楽しくなかった。

僕はいつも少々変化させて画いていましたので、先生に「これは違う物を入れてありますがいいですか」と聞くと、「いいですよ」と口では言わず、頭を縦に振ってくれたのでいつもモデル品とあえて変えて描いていた。たまたま先生は小学生の図工全般を教えていたので、小学二年生の時から写生大会に出させられた。小学校生の中から三～四名の生徒が他の生徒には話さず選ばれるのである。「松太君は郡部で行われる写生大会に出るのよ！」と言われ、「先生、僕にはとても無理ですよ」と言うと「いいえ、大丈夫よ！　いつもの調子で画けばいいのよ！」と、僕の気持ちを落ち着かせてくれました。

「先生、僕は風景画は書けませんよ」と言うと、「今度、好天の日の図工授業は外で画きますからね」「君は心配しなくてもいいのよ！」と言った。次回の図工の時間は輝くばかりの好天になり、生徒は絵道具を持ち、色塗りの為の水を細長い手作りの長い筒に水を入れていった。そして生徒達がそれぞれ下絵を書き、色を塗っているのを先生は見回った。

時々生徒の画いている横に腰を落として、色々教えている姿が見受けられました。この先生はあまり化粧をしないタイプで、あまり女性らしくないように感じられ、人気は良くはなかったが、僕は先生が大好きで、常に話はしていました。

僕が下絵を書き、まずキレイな色付けをしてからその上に色を重ね始めていた時に、後ろから「ちょっと待って」と先生の声が聞こえましたので、僕はすぐに筆を止めると、先生は四個所に筆を当て「絵は写真と違ってキレイな所の色は『つぶさず』最後まで『がまん』して残すのよ!!」と言った。そして付け加えて肝心な絵を仕上げる前までの色の付け方を教えてくれました。「いいですか、今話す方法はしっかり守るのよ!! 画面全体を塗っている時画いている明るいキレイな色は『違和感』があり、ついつい色を付け足してしまう！　これが美を失う事なのよ!!」

僕は「先生、ご丁寧にありがとうございます」と言うと同時に、僕は絵の『美学』の意味がわかりました。そして二度目に廻っていらっしゃった時「ほぼ出来上がりね」と言い、少々筆を入れてくれて完成しました。僕は黙って画き終えた絵画ブックを閉じ、他の生徒に一切見せませんでした。この一作は、先生の手は入っていますが、僕にとっては傑作画の見本として大切に保存しています。その後、絵を描く事が大好きになり、僕は頭の中でも画いているような思いがしていました。

前にも言ったように僕は小二から学校の代表で、郡の写生会に出席してお褒めの賞をいただいていましたが、その時は風景はほとんど画いていませんでした。僕は今になって思いますが、風景画でも空はほとんどなしで工場の屋根を画面に並べて画いており、絵全体が同系色の作品で、他の生徒が画かないような絵でした。やはり専門知識を持っている先生に、積極的に学ぶことは大事であると僕はつくづく感動しました。

ところで僕は静物画を画く知識もほとんどなく、書き上げたと思っても何か基本がわかっていないのか、いつも一人考えながら描いていましたので、いっそ先生に相談してみようと思い、先生に画いた作品を見ていただいた。すると先生は「君はたびたび図書室に入っているのね。そうですね」と言い、「それでは『世界文学集』が上段に揃っていますから、その中に『ヒント』があるのよ」と教えて下さった。

「フランスのパリを題材にした、ボードレール作『悪の華』を読んでみると、美について書かれていますよ」と、『ヒント』を与えてくれました。

そこで、僕は『エンマ』の語りを読み取る努力をしました。この中の文章の、いろんな言葉の表現がすばらしいのには驚き、見習うところが多くあり、小学生ながらヨーロッパに定着している民主的な人々の生活振りを学び、『ああ無情』とは違う感動がたくさん表現されていた。本の内容は、正に文学的で『美に対して実に美しい』パリの郊外の物語で、朝、昼、夕の美しい自然を一節ごとに表現している。読み進んでいくと、美の基本が何であるかに僕はやっと気付いた。それは『光と影』である、と僕にもわかりました。

本日の授業が終了したので、廊下に出ていらした先生を呼び止めて、「先生、先週教えて頂いた本を読みました。僕にもわかる本でした」。そしてあの本に書いてある美について話を始めた。先生は他の生徒に気を遣い、「図書室に入ってから話しましょう」と、入室してほんの数分話しました。「たぶん『光と影』でしょうか」と答えました。先生は『当たり』、その通り」とにこやかに顔を見せながら答えてくれました。僕も自然とほがらかな顔をしていたのか、先生は良し良しと軽く頭を撫でてくれました。

僕は先生と心が通じ合うようになり、「ありがとうございました」と言った。先生は「これから絵を画く基本をしっかり授業で教えますからね」と言い、僕はいろんな作品の画き方をしっかり学びたいので、「ぜひお願いします」と言った。一歩一歩前に進んで努力し、上達するのが僕の一番の希望でありました。

毎年一月一六日から五日間、小中学校合同の図画、工作、習字の展覧会が行われ、ここへ出す作品は日ごろ努力し、出来映えの良い作品で、好評な作品には賞が付き、親も感心を持って見学に参加し、人気があります。

長い二列の校舎を使っての展示であり、我が子の作品はどうかなと、親はわくわく感で眺めて足を進めます。結構時間をかけて作った鳥カゴなどに足を止め、「これは立派な作りね。竹を割って一本一本縦に割り、皆さんが知っている『ヒゴ』で作った立派な作品だよね」と母は感心して言った。僕は母が会場に入る前からここへ来ているのは知っていて、「母さん」と一度呼びましたが、大勢の人達が入場していて聞こえなかったので、近くに行き、「母さん、ごくろうさま」と言いましたら、母は「松太の作品はどこ」と言ったので、「こちらですよ」と絵のコーナーに案内して、「これが僕の絵ですよ」と指を示しました。母は、

「お褒め賞が付いているのね」「大したものね」と言いましたので、せっかく褒められたので喜んでいましたが、「でも母さん、この程度の絵はまだまだヘタですが、僕はこれでも一歩前進と思い画きました」と言いますと、母はにっこりと笑い、「ご褒美に絵の具を買ってあげる」と言いましたので、僕は「本当、楽しみにしています」「今日も親子の心が一つに繋がりましたね」と言いながら、展覧会から一緒に家に向かって足早に帰りました。

ちょっと前後しますが、この会が始まる前日の朝礼では全校生徒が学年の組別に並び、まず体育の先生が一メートル位の高い四角のコンクリートの朝礼台に上り、ラジオ体操を始めました。先生はマイクを外して、地声で気合いを入れて一、二、三と号令を掛け始めた。先生の元気な声で僕も自然に気合いが入って爽やかな気分になり、本当に体がほぐれ全身が温まった。

次に校長先生が、いつもの学校周辺から校内についての注意事項など三分位話された後に、「本日は役所の助役さんが見えているので、ご挨拶をいただきます」と言い、「それではどうぞお願い致します」と軽く頭を下げた。

助役さんは挨拶を始めました。「皆様、本日から五日間行われる生徒全員参加による今年の展覧会は、皆の良き作品であり、一人の心から創意工夫した作品で、隠された芸が含まれ、実に立派です。ぜひ皆様方のこの努力を、この地域の発展と共に皆様の中から一人でも多く知名人が生まれることを希望いたします」と語り、重要なお言葉を言われました。

僕はこのご挨拶で特に感心したのは、地域発展を僕等の時代に期待していることを一人一人に伝えたかったのだと思い、僕の心にもぐっと入り、とても良い言葉であった。ご挨拶終了と同時に大拍手が起こり、僕には忘れられない感動であった。

このような朝礼は毎週一回、朝八時より校庭で三〇分間行われて、いつもの通りラジオ体操をし、校長先生のお言葉があり、その中で表彰式も行われていた。僕は郡下で行われた絵の写生大会でお褒めの賞をいただき、少々の拍手をいただいた。僕はこの拍手で、この時代は『褒め合う教え』がやや不足しているな、という事を感じた。僕は決して『嫌み』で言っているのではないが、「無いものねだり」かも知れない。

郡下の写生会に当校の代表として数名の生徒が出席していましたが、日曜日の為、他の生徒はほとんど知らなかったのでしょうか？　僕は出席するのに母の大事な思いがこもっていた事を知りました。僕の持って行く物は絵の道具はもちろんですが、母が用意してくれたのははたして何でしょうか。

それは、僕にとっては忘れられない手持ちのごちそうでした。一目見てもおいしそうでした！　まず肉厚の甘味が少々入っている黄色の卵焼きを中心に、周りにショウガや漬け物と、母自慢の年季物の梅の漬け物、これはおいしいです。他の物を長持ちさせる役目をする。又別の入れ物には、母はリンゴの皮を剥き、「塩でつけたものよ」と言い、「こうすると新鮮さを長く保つのよ」と一つ一つ教えながら果物、漬け物を入れた器と二段重で、「はい、楽しみに、良い絵を書いてきてね」と、毎回色々と愛情込めて送り出してくれた。「母さん、いつもありがとう」と、三回目の大会に出席したのでした。そして、今回は朝礼で発表された通りでした。

兄は僕が静物画で明暗、先生に教わった色の変化が出来、この使い方を風景画に応用した努力に労いの言葉を言っていた。「君はやはり絵が好きなのよね」と言われ、僕は軽く頭を縦に振り「そうかなあ!!」と自然と言っていた。

僕は机の上に置いてある色石の見方も変え見ていて一つ発見があり、光がやや横の角度から当たると普通の反射から逆反射がキラと見え、これは絵に活用出来ると考え、それでは早速とやってみたがそうはうまくいかなかった。何度も何度も見ていると逆反射をみごとに見る事が出来、自らの発見と思い込んでいた。

僕は図書室にずらりと並んでいる世界絵画全集を自然と見るようになった。特にフランスの作家『ルソー』などを中心に見ていたが、ただ見ているだけでは意味がない事に気付いた。「水彩画でも一見油彩のような感じに見える『不透明水彩』を学ぶといいのよね」と先生は教えてくれ、付け加え「君も将来はフランスに行き、学ぶ希望を持って画きなさいよね」と僕の将来を語っていただき、そうなればねと「先生、ありがとうございます」と挨拶しました。

話題を変えます。

母は、「松太は小さい子供の頃から数に関する事は得意であり、少々感度が高かったのよ。それから早や小学四年生になり、算数の成績は良いし、君はいつもカバンに入れているソロバンが得意なのね」とつぶやいた。「僕は本当は『ソロバン塾』に行きたかったのです」と言うと、母は「二人の気持ちが合いましたね」と言い、たぶん行くだろうと思い、すでに今持っている物よりも八桁多いソロバンを母は後腰に差し込んでいたのを引き出し、「これを使いなさい」と僕に手渡したので、びっくりして飛び上がって喜びました。母は僕の喜ぶ姿を見て「お互いの気持ちが一つになったね」と言いながら一緒になって喜んでいました。

しかし僕は母の期待に応えられるか、当初自信は五〇パーセント位しかなかったので、『根性』で必ず成功させるんだ!!　と自分に言い聞かせていた。しかしソロバンは『指と頭』が合致して『速度』が特長で、今までの学ぶ手法と違うので、塾生として考え方や行動を学ぶ心得を新たにした。そして母が与えてくれた横長のソロバンの思いを達成することが、一つの親孝行でもあると心得たのでした。

塾はお寺の板の間の広間の部分で、折り畳みのできる横長の机に二人ずつ座り、約四〇人の塾生は座学をします。ここは晩秋から初夏までの半年間毎年行っていて、僕は毎週土曜日、日曜日と冬休み、春休みを活用して家から自転車で飛行場の外周の直線道路を利用して、行きは約二〇分、帰りは冬場は冷たい向かい風のため三〇分かけて通塾していた。

冬場は冷たい北風に手足が凍えた。塾室では薪ストーブが焚いてあるので約一〇分で手はほぐれて、「ああ、暖かい」と言うと、皆同じように「これで指先はすんなりと動くよね」と言っていると、塾長は自ら机を広げ始めていた。僕は入塾の時は塾長に紹介され、「松太と言います」と小声で挨拶をすると、先輩から「元気を出すのだよ」と一声かかった。寒さのために声が出なかったのを分かっていて言ったのでしょう。きっと気合いを入れてくれたのだと僕には先輩の思いが通じました。

この塾は非常に厳しく、塾長の方針でベテランと新入生を区別せず、全員一緒に学んだ。特に読み上げ算から始まり、最初はゆっくりと鼻にかかった独特の声で「ねがいましては」を最初に一〇桁を読み上げ、「では」答えはベテランは手を上げる者はほとんどいない。数名のまだ一ヵ月未満の生徒に向けた足し算の答えは、なるべくその塾生に答えを求め、答えが合っていると全員が「ごめいさん」と励まし、力量が違う生徒を同一に扱い、一刻も早く上達するような手法をとり、いつの間にか塾全体が一つになって前進する。特長のある塾で、僕は「とても早く慣れました」と言うと、塾長は「そう、良かったね」と言っていただいたので、「塾の雰囲気に慣れてきてやる気も出てきましたよ」とお礼を言いました。

『通常』の小学校の授業は、当然『学年制』が当たり前ですが、ここは年令にも関係なく、挑戦的に実行する者が上級に合格する。まるでスポーツの世界と同じように常に練習し、上級に合格して、次から次へと検定『テスト』の資格を獲らせるのが塾長の使命と心得、子供達が資格を獲る。お互いに褒め称え、全員に合格書を見広げ、「おめでとう」の声を出し、全員で喜び合い、全体の向上を併せて行っていた。

塾長はまるで我が子のようなつもりで教える心ある人格者であり、非常に学び易かったので、冬休みは毎日塾に行き、上級に合格する事ができた。僕は必ず今期中に一級を取り、僕の能力では無理だろうと思いますが、必ず希望を達成するために、自宅で自習を週四日間夜中までやらなければだめだと、自分に言い聞かせて、塾長に与えていただいた使命感をいつも抱き、この上級合格を勝ち取りたいと真剣でした。

塾で行われた二級のテストに合格した僕は、塾生全員の「おめでとうと」の声で多少喜び、「ああ、合格したのね」と実感した。室内で胴上げされ、その時に皆は「次は最高の一級獲りだよ」と言っていた声が僕の耳に入ってきて、胴上げ後に、喜んでいられないと次には塾長に洗脳されたかのごとく指と脳を一致させ、努力に努力を傘ね、毎回塾と自宅で学んだ。

そして二ヵ月後にテストを受け、残念ながら『見取り暗算』に失敗し不合格となり、その時僕はがくっと肩を落とし「負けた」と言ったが、他の塾生達は「まだまだこれからだよ！」と元気づけてくれた。残念だったが、僕の努力と脳の限界を知り、悔しさは残りませんでしたので、「これでソロバンはきっぱりと卒業させていただきます」と挨拶して塾を去りました。

しかし僕はこの塾で根付いた『集中力』、『忍耐力』、『ときめき』などが身に付いたのは将来少しはプラスになる、多少期待してよいのではないかと一人言を言いながら、小学四年の授業を受けていた。

ある時、学校で知能テストが行われました。先生はそっと僕の耳元で小声で「松太君、クラスで一番だったよ」と教えていただきました。僕は一応先生に「ありがとうございます」と言い、「先生、僕はソロバンが速いと自慢している訳ではありませんし、たまたまそれだけで決して知能が高い訳では決してありませんよ」と言いながら立ち話を終えた。

小学四年生の現状の基礎となる学習を先生からしっかりと学び、又父母からも先生と同じような愛情込めた学びが『心に染み込み』将来にわたり生かされれば、松太としても満足できるのかなあ！　と母は思いを寄せるのでありました。

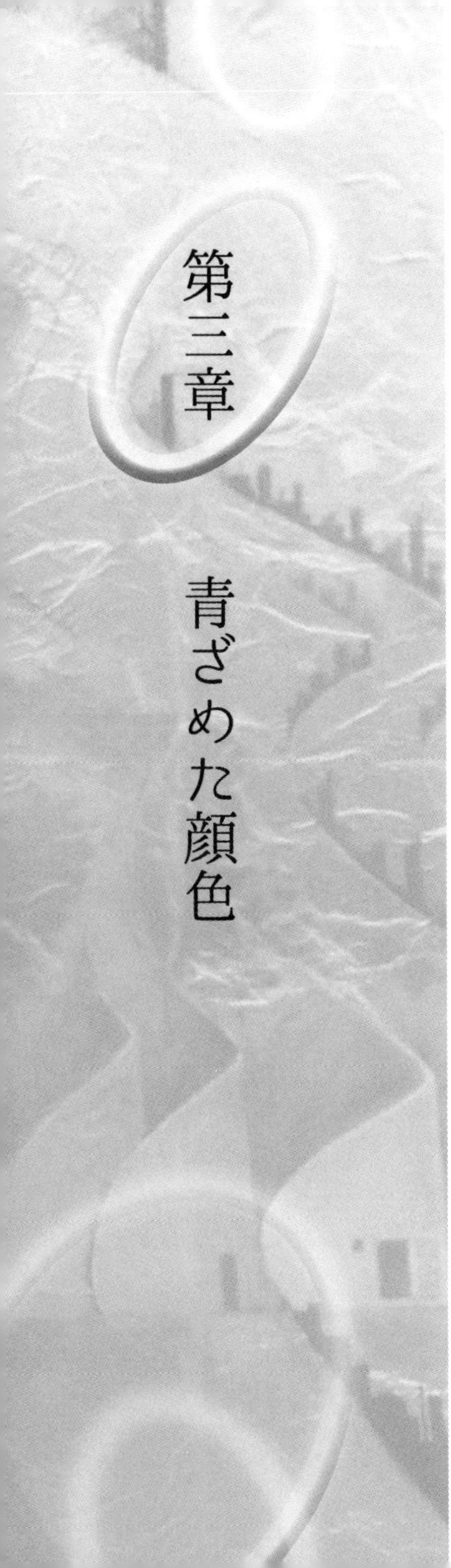

第三章　青ざめた顔色

学校帰りに、音楽の時間に習った『鯉のぼり』の歌を歌いながら、五人の友達と、いつもの通学路より左に入っっていった。川のほとりに沿って二メートル幅の道に咲くキレイな小花、特にレンゲ草の紫ピンクの花は道路両脇に咲き誇り、自然美は僕達にも降り注いでいる。友の一人は口の両脇に手を広げ、『ヤッホー』と大きな声で里山に向かって叫ぶと、かすかに山びこが返って来て楽しい。

そして家に着いて、いつものようにカバンを下ろしながら家の中に入って行った。裏口が閉まっていていつもより暗いと感じました。すると母の様子が変なのに気付いた。

背中を丸めた後ろ姿で前側に体を倒し、お腹の周りを上にすり上げるように、胃の中から食べた物を吐き出し息を絶え絶えにしてさらに吐き出し、苦しそうに大粒の涙を流している姿を見て、驚いて「母さん」と声をかけると、松太が帰ったと気付いたと同時に周りを見渡し、急いで顔をエプロンの裾ですばやく口の周りを拭き取り、乱れていた五〜六〇センチの長めの髪を手櫛で整え、なんにもなかったかのように振り返り笑顔を見せ、「松太お帰り」と言った。不調な姿を見せたくなかったのでしょう。僕は母に何も言わなかったが、そっと見ていて何が起こったのか、心配で心配で心が動揺していました。

それにしても、いつも優しい、赤みを帯びた顔色が激変していて、正に『青ざめた顔色』であるのにも関わらず、母は「たいした事ではないんだよ」と気丈にも言った様子は、母親の心強さをまざまざと見せつけられ、僕は「母さんはすごいんだなあ」と一人言が自然に出てしまいました。

そして三時間後には、西の空に夕焼け空が母の顔にも少々差し込むと同時に、元の赤い元気な顔が見えてきて、僕は「母さん、元気になって良かったね」と言うと、「松太、心配かけてごめんね」「実は女性は五〇才前後になるとこの病に皆なるのよ、だからあまり心配しないでよ」と言った。「この病で調子が悪い時は医者には行かず、漢方薬を飲むと体調は良くなるのよ。再度言いますが心配しないでね」と言って、「この病について教えましょう」とさっそく話し始めました。

「この漢方薬は、遠方北陸の地富山地方から、毎年初夏の頃に各家庭を廻って置き薬として持っていてくれる。置き薬の箱の中を調べて、使った分の薬を確認して使用分を補充して、代金を支払う仕組みなのです。周辺の家々を廻るために近くに宿を取り、貸し自転車を利用してあるくのよ。飲み薬や傷薬など多くの薬が箱の中に入っているから、松太見てみてね」。そして、母の飲んだ薬についておおまかな話を聞かせてくれました。「漢方薬の発祥地は古来中国にて作られた薬で、いろんな薬草や木の実などを採集して水できれいに洗い、乾燥させて煎じて飲んだり、粉末にして服用したりと、多くの年月を経て薬として受け継がれてきたのよ」と、母は教えてくれました。

遠方北陸の富山について、「松太、調べてみてよ」と、又母より宿題をいただいたので、「いいですよ、それでは調べましょう」と言い、学校の昼休みの合間に図書室で調べてみました。あまり上手に説明ができませんが、と言って僕は話し始めました。

「『富山、石川、福井』の三県を北陸地方と一般に言っていますよね、当たり前の事ですが、なぜ北の陸なのか……古代から新潟と富山の間に、岩石の山が海の先々まで飛び出していて、陸上では通行不能であり、又当時は『トンネル』掘りもせず、それに山越えも出来ないほど険しい山々が連なり、一切陸上から通じない所で、又ここの海上は特に冬場は大荒れとなり舟での航行は危険であり、海上からの航行も無理とみなし、一切の通行が出来ないために出た語源と言われていたそうですよ‼」

僕はこの語源の調査に不安を感じました。ほとんど先生に聞いた話が多く、何か僕の『作り話』のように思われてしまわない為に、「毎年富山から来られる薬屋さんの仮説も入っていますよ！」と付け加えておきましたが、やや不安でした。

母が今回飲んだのは薬箱に入っている『実母散』と言う薬で、丈夫な目の細かい紙系の包みに入っていて、大人の片手で一握り出来るほどの大きさの漢方薬で、すでに煎じてあった。少々体調不良の時には湯呑み茶碗にお湯を差し、一日に二〜三回、三日ほど飲むと良いと、説明書通り母は使用していた。「何といっても一ヵ月や半年で治る訳でなく、気長に付き合うしかないのよ」と、母はあまり苦にしていないのよと言う。

富山の薬屋さんは毎年いらっしゃって、家の中で三〇分間位いろんな話をして帰られる。以前から子供達に紙風船や色紙で作ったツルや池の形をした作り物や、何色かの色紙を手渡し、僕に握手をしたり頬ずりをしたりして子供達にも人気があり、毎年訪問してくれるのを楽しみにしていた。帰られる時には玄関から飛び出し、「又、来年もよろしく」と皆の声。特に子供達は「さよなら」と言いながら手を振り、おじさんの姿が見えなくなるまで皆で手を振り、見送りをしていた。

　母さんは「皆のご苦労様の思いが、おじさんに伝わったよね!!」と言い、僕の喜んでいる姿を見て言ったので、僕は素直に「すばらしい思いをしましたよ！」と、一人言を言っていたのでした。

　母は「この実母散に近い薬草が家の近くの野にたくさん生えているよ」「松太を連れて行ってみよう。次の日曜日はきっと天気は良いだろう。松太が良い子にしていたので、きっと好天よね」と言った。

　やがて日曜日、東の空は明るくなり、まだ薄色に輝く星も朝日が上り始めると消え、窓辺から輝く朝日が上り始めてきましたが、少々薄い『靄』がかかっているので、僕は「天気、大丈夫？」と言うと、母は「こういう春霞の状態は良い天気の証よ」と朝から又新しい事を教わった。そして「太陽が上り始めは大きく見えるのは、周りに色んな対象物があると周りが輝くために大きく見えるのよ」と、また教わった。

　今日も事前にいつもの通り出掛ける準備をしてあったが、おや、今回は竹カゴが三個あり、僕は「母さん、いつもより一個多いのね」と言うと、「今回は母が薬草をたくさん採るためよ、松太、母さんに負けないでよ」と早くも言い始めている。

家から八〇〇メートルの南東方向の野の畦道を歩き始めた。まさに晴天で、爽やかな、やや冷たい春風を満喫しながら歩き始めた。母は気分が良いのでしょう。いつものように歌を歌い始めました。松太もよく歌っている『春の小川』を三人は、前方に流れる小川に見通しながら歌った。僕は音痴なので「母さん、ちょっと小さい声で歌いますよ」と言ったところ、「ダメダメ、皆歌詞に合わせて歌わないと、いっそう調子が合わなくなりますから。むしろ、やや大きな声で歌うと上手になるのよ」と言い、又三人で声を揃えて歌いながら、「天気も味方したのね！　松太は最近良い子になっているからね」と母は言っているのを、僕は素直に再度聞きましたが、『ややおだてている』ように感じました。

なぜなら、二日前に少々悪さをして『叱られ』ていたからでした。前にも同じような事があり、僕は素直にならなければこの大自然にも叱られてしまうと、自ら苦笑いをしているのでした。

母を中心に僕も兄も右手にカゴを提げて、今日も足取り軽く目的地に向かって歩いている。そして母が目指す目的地へと進んでいる。やや広い畦道に入ると、足元には先ほど歌った「小川の岸のスミレ」や「レンゲの花」がキレイに咲き、歌詞と同様の光景にピッタリの所に出合いましたので、「ああ、本当だ」と僕は感動しました。また花の色が黄のタンポポとスミレ色の組み合わせは『補色』（反対色）で、特に美しい畦道の両脇で見せてくれて鮮やかな春を盛り上げています。僕は図画の先生に教えていただいた色の対比の美を、ここで実感しました。先生に会った時には、この模様を話そう！　と一人言を言っていました。

また『ナズナ』や『オオバコ』の雑草は足元の歩く道筋にへばりつくように生えていて、人や他の動物に踏まれても、元気に春の陽射しに向かって小さな白い花を付けている姿は見逃さず、母は、ちょっとかわいがるようなしぐさをしている。僕は一つ一つの小花の姿を見る心得を学びました。

ちょっと先に行くと赤とピンクの花が咲いて、一メートル位に二〇本ほどのトゲトゲのまとまった花を見かけた。母は「この花木は『ボケ』、別名『シドメ』」と言い、「花が咲き終わると青白いビー玉くらいの実がなり、他の小動物に食べられないようにトゲを生やし、実を守っているのだ」と兄は言った。それぞれの生き物は、シーズン毎に変わった対応をして生きているのだと、僕はこうして色々と教えていただき、新しい発見があり、この先益々楽しみが湧き上がってきました。

今日の目的の薬草摘みが始まった。さっそく畦道の脇へ入った所で、母は草の葉を見つけて「これよ!!　これが『カタバミ』、別名『ゲンノショウコ』」と言って薬草を探し当てた。この葉は雑草の中に根基がしっかりとへばりつき、他草の中で四~五本横に四方八方に広がり生えている。

さっそく「カゴの中に入っている小さな『カマ』を使い、草の中心部分を摘み採るのよ」と母は言いながら、採り方を実演した。他の草との見分けが最初は簡単にできなかったが、摘み取りを始めるとモチ草を摘む時と同様、注目のゲンノショウコ草が自然と見つけられた。段々とよく見分けができ、僕は、「ああ、たくさん生えている」と目覚めて喜んでいる声を聞き、母は安心している様子で、やや大きいカゴにすでにいっぱい摘んでいた。

僕は小カゴなのに今まだ半分位摘み取ったところで、さっそく母も手伝い、約二〇分位でいっぱいになり、一安心していると、母は「キャー」と驚きの高い声を張り上げ、跳び上がった。驚きの声に驚き、近づいて行くと全長四〇センチほどの小さな細い赤柄の色をした『子ヘビ』に突然出合ったのでした。ヘビの名は「ヤマカガシ」と言い、親離れして小動物を獲り食べていたのか？　それとも『日向ぼっこ』していて、『居眠り』をしていたのか、目が覚めてちょろちょろと太陽の輝きを受け、温まった雑草の中へ身を隠すように入ってしまった。母と同様にヘビも跳びはねたように感じたのでした。又同じように『トカゲ』の子供も四つ足を使い、木陰に入った。

僕はヘビは怖がらない。少年時代の男子は、ほとんどヘビに出合い、結構遊んでいる姿は何回となく見ていたのでした。しかし母はちょっと厳しい顔付きで、「このヘビは子ヘビで毒はほとんどないが、太い一メートルほどの親だと毒を持ったヘビはかなり多いと、以前にも兄から教わってわかっていたでしょう」。やはり母は大人ですね、僕をしっかり守り育てている姿が垣間見えました。

目的の薬草を採集するのに約二時間で三個のカゴは満杯になり、母はほっとしたのか、畦道の前側に「どっこいしょ」とタオルを敷き、腰を下げ一休みしていると、足元に『セリ』を見つけ、「この草はゆがいて食べるとおいしいよ」と言った。母は三〇本ほど根元より切り取りカゴの上に乗せた。やや重くなり、汗も出て来始め、春『うらら』の暖かい日光を全身に浴び、自然のキレイな青い空から緑色の葉先に日光が映えている。前景から遠景まで眺めながら、母さんの薬草摘みはすがすがしい晴れた日で、僕はとても楽しかったと胸を膨らませ、大きく鼻で吸い込んだ空気を口からすうーと出した。この呼吸を五回行い、体も前後に曲げて両手を空に向かって振り上げた後には、身も心もすがすがしくなり、「母さん、気分は一五〇点ね」と言いましたら、母は少々体を休ませてから「軽く体を動かすことは、健康体を作る基礎となる全身の動きであり、大変に良い事ですよ。松太のこの体操は単純なのでいつでもやれる」と言った。母は僕の行っている姿を、「これからたびたびどこかでチェックするよ!!」と言って、僕の健康に気を遣っているのだ！　と、こういう時にしっかり励ましてくれていました。「又、君が良き動きをして母さんを安心させるのよ！」。

母は付け加えて「再三言いますが、あまりわがままを言わなくなったので、今年の夏祭りにも連れていくよ」と言った。「母さん、今年は行けそうだよね!!」と僕は本気で言ってみましたら、いよいよ母の言っている事がわかるようになり、やはり大自然の中に身を置くと、心の正しさを見極めるのには良き場であることが少々わかるようになってきました。

足早に予定より三〇分早く家に着きました。今日の昼食は大きなおにぎりで黒色の濃い

『海苔』に包まれ、中にはいつものように取り置きしている年代物の『梅干し』で塩味は薄く、母は「このおにぎりにぴったりの味よ」「二個食べなさい」と言った。お皿に六個載っていて、僕は「大きくてこんなにたくさん食べられないから、半分は母さん食べてよね」と言うと、母は「いいよ」と言い、お互いに一個半ずつと卵焼きが一皿に『ぬか漬け』のナス、キュウリとリンゴが半分ずつ盛りつけてあった。見た目もおいしそうで、「さあ食べなさい！」と言い、僕と兄はお互いにお腹が空いていて、とりあえず手洗いをしてから三人揃ってちゃぶ台の所に座って食べ始めた。母は水分不足だろうからと、お茶碗の大きい方に「つぐよ」と言い、食べ易いように心遣いをしていた。卵焼きは少々甘味が入っていて、僕は「とてもおいしい」と言いながら食べているると、母は自分の分を「食べなさいよ」と二人に返しました。

するとペロリンコンと食べ、野菜の漬け物、特に「ナスの半漬かりは新鮮だよ」と勧められ食べましたが、僕は久々においしかったぬか漬けを食べた。母さんが言うようにおいしいので、「この半漬かりは特においしいのよ」とお皿の上に出されたごちそうはとにかくおいしく、三杯目のお茶を飲みながら「満腹のお腹になったよ、母さん、ごちそうさま、ありがとうございました」といつもの食後の挨拶をして座っていました。

　足を伸ばして、母は今日の午前中の出来事を話し始めた。なんと言っても驚いたのが子ヘビが暖かい陽射しの中からちょろりと出て来てびっくりした事が一番の話題になりました。

「それはともかく午前中に採集したゲンノショウコの、一見つる草のように見える薬草は、あまり時間をかけず、カゴ三杯採れたのは大収穫でしたね」。母は「休憩一時間」と言っていましたが、三〇分ほどして早速薬草を作り始めました。さっそく摘んで来たゲンノショウコの薬草をカゴから全部出し、「学びながら母の手伝いをしてね」と言い、僕は「はい、言う通りに手伝いをするよ」と言い、その通り手伝った。「ヤカンや火を使うので『火傷』をしないように特に注意ね！」、「はい、心得ました」といった母との会話は大切な事で、僕は注意し、母の手伝いの邪魔になるようではいけないと、当然のことながら、あまり質問はせず、言われたようにやった。

　まず採集した野原から持ち帰った物は、土などの不要なもの、汚いものを捨てて、台所で使っている大きめのバケツに水を入れ、何回もすすいだ。ほとんど汚水が出なくなった時には、ヤカンに熱い湯が沸いているので、水で洗っている葉の中に少々入れて洗うと早くキレイになる。僕はこの作業を一〇分以上してみました。母が言う通りとても早くキレイになり、竹で編んだ両手で持てる『しょうぎ』に乗せて水を切り、日陰の小屋に横に糸を張り、そこへ根元をかけ、ぶら下げるまでの作業は約一時間行いました。

ここで僕は質問した。「ここに陰干しはどのくらいするの」、「そうね、水分が切れるまで、水分の切れた順に一〇本ほどまとめて大きな鉄ヤカン八分目まで水を入れて、沸騰したらさっそく根元から先に入れ、約五分ほど湯がき、葉の部分が柔らかくならないうちにこの長いハシで取り出し、水をかけずザルに置くのよ」。この作業を五〜六回で全部終わらせ、水切りに掛けた麻糸のところへ一日陰干しをした。

翌日松太が学校から帰ると、さっそく「薬草作りを始めますよ！」。大きい鉄ヤカンに七分位水を入れ、沸騰してきたら昨日の完全に乾燥したゲンノショウコの葉を二束ずつまとめて入れた。二〇分ほど茹でると湯分の色が濃茶になったので火を落とし、一〇分後で終了。濃い麦茶のような色になり、鉄ビンの鉄分もほんのわずか融け込むと言われているので、色々成分が入った特製の薬草茶の出来上がり一号です。このように五回ほど繰り返し進め、なんと五本準備してあった一升ビンの空ビンに満杯になり、入りきれない分はやや小さめのビンに二本と大量に作り、半日ほど冷まして台所の下に収めた。母は「葉の採集から二日後の仕上げまで協力し、少々命令したり、言葉を荒くした事もあったがそれにもめげず、ありがとね！」と言った。僕は「母さんの手伝いをして『真剣』さと『真面目』さを改めて知りましたよ」と言うと、「だって親は子供を育てていくのだから当然なのよ‼」と言い、厳しくも楽しい二日でした。

母は近所の方がいらっしゃった時には、この薬をお茶代わりに出しますよと言い、「我が子が手伝いをして作ったのですよ」と、付け加えていた。同年代の人々と飲む事もあり、「漢方薬を時々お茶代わりにして、近所の人に喜ばれたのよ」と、母はやや声を弾ませて話していた。ここで母は「もう一節話をしておこう」と言い、「お母さん自身の生い立ちについて、話しましょう」と言った。母の『家系』は五代前の文久時代一八六〇年代は『武官』であり、由緒ある家系であった。幕末の比較的安定した時代で、武官の証として当時将軍が使用した甲冑や立派な鞘に収まった『刀』が六本と、和紙に毛筆で書かれた古文書が大量に我が家の二階の奥の間の立派な箱に納まっていた。

「母さん、僕も見た事があります。又当家の『ルーツ』は、江戸時代の天保年代に名古屋の城下町に存在していて、その後江戸の『滝の川』で将軍家と係わったとして名を残しているという事でしたね！」。一八四九年に江戸開城し、明治時代に入り、自宅周辺の大地主で、毎年一二月末には年貢が農地解放まで安定した収入であったようでした。

母は明治時代の後期に二人娘の長女として生まれ、その後成長して大正時代は娘盛りであり、町の行事ある時には色んな話があったらしい

きれいな和装の娘姿を見る若い青年にとって楽しい場でもあり、また和装姿の娘さん達も普段と変わって、あえて見せつけるのにはいい機会でもある。まずいつも後ろの首元でまとめている長い髪をほぐし、上方に両脇はふっくらとさせ、髪を留めるために『花鳥風月』のかんざしを使い、髪に変化をつけてみると風流に見える。着物の着付けは自分でいつも着ているのでほとんど着崩れもなく、顔の白い粉おしろいは着付けをする前に済ませ、首の部分はやや薄く塗り、春祭りには色柄は梅の花をあしらった小花、薄緑色のやや大柄が裾に入ったものを選び、和装姿の完成。再度『合わせ鏡』で後ろの太鼓帯がきちんと曲がらず着いているのを確認して、装いは完璧!!

話の途中で「母さん、ごめんなさい。僕は家系に関係している話に多少知ってますよ。なぜ名古屋なのか？　その一部は覚えていますよ！　我が家の西北一〇メートルの所に住んでいるおばあちゃんは名古屋に親戚があり、たびたびみえていた。又、おばちゃんは何と英語を知っていて、僕等にも動物などの呼び方を教えてくださった。家の入り口には我が家と同じ苗字を付けている。あと、名古屋から『蓄音機』、『レコード』など送って来て、僕も何回か歌を聞かせていただいたことがある」。母はとても楽しそうにお茶をいただきながら聞いていて、「時には音楽に合わせて歌っているのを小学校に入る頃であり、覚えておりますよ!!」と、ちょっと僕が知っていることを話の間に言いました。「母さん、続けて話をしてください」。「じゃ、母さんの話を続けますよ」。

「この頃の時代は『大正ロマン』と呼ばれ、この時代の文化の一翼を担っていたのよ」と、やや小声で言った。しかしこのわずか一四年間ですでに『富国強兵』を目指して、民衆は封建的な動きの中、アジアの島々では戦いが絶えなかった。不幸な事態は常に発生していて、お母さんがやや小声で言う訳が君にもわかってきたでしょうね」。母にそう言われて「僕にはほとんどわからない」と言うと、「そうそう、まだ歴史は習っていないのよね」。

母は、僕の知っている戦争体験を少々聞いて、「ああ、その程度しか感心がない」と思ったと思います。「戦争が始まる半年前に生まれ、終戦後まだ四才だったので、かなりの戦争についての話がありますよ！　その時に松太なりの思いを聞かせてね」とまた難題を言い出していました。

僕は、この地方の歴史の時代性等を含めて図書室には資料がほとんどないので、先生に尋ねました。「そうそう、その件は国策でほとんど整理されているのですよ」と言い、口をつぐんでしまった。仕方なく、父の話や、父の読んでいる本に書かれている大切な地元の物語を見聞し、『父母』の教えを交えてなんとか物語として話をする事ができました。僕が学校で書く作文も先生が読んで多少褒められた事もあり、多少歴史も自分なりに調べる事もやり始めていた。さっそく苦心をしてなんとか話が出来るまで努力をしました。

今から六三〇年前に鎌倉幕府の傘下を物語る証拠がある。『一節』によると、鎌倉街道の足跡として鎌倉に通じる道標の『石像碑』があったと言われており、その先は高崎へと連なり、後の藩主『松平右京』八万二千石にも関係していると言われることも語られていました。

しかし父はこの石像碑がどこの位置に存在していたかは不明とされている。まるで『昔、昔』のように感じられる。また今から八百年前『雉岡城』が建立され、四五〇年前には甲斐の国を治めていた武田信玄が一時守っていたが、地元武蔵の国の城主や大名、将軍などに引き渡された。その資料は十数段ほどの石の階段を登り詰めた所にある資料館に収められており、当時の記録が残されている。そこで、過去の争いや平和の時代がわかります。城内の領地には一〇年ほど前に県立高等学校が設立され、約三〇キロメートル四方の広範囲から学びを求めて就学者が多く集まっている。又、ここからさらに上級学校に進み、立派な人物を生んでいる。この城下町には色んな物語があり、その一件の民話をしましょう。

この地、眞下には新田義貞の時代に十一面観音様がおりまして、大変子供好きな観音様だったので、夏になると子供達と一緒に川で泳ぎ回り、子供が川上に行けばその後について行き、一緒に泳いで回っていた。夏は観音様にとっては天国のような思いでした。ある時、お年寄りの方が放っておくのはいけないと、ご本体の観音様をお寺のお堂に納めましたが、次の日には転がり出て、また子供達の相手をしていた。

春や秋には川の土手に寝転んだり、にらめっこしたりして遊んで、冬には日向ぼっこの仲間入りをしながら子供達に気を遣い、幾百年となく繰り返しているうちにとうとう疲れてしまった。あまりにもお気の毒な姿を見た村人が『子育て観音様』を九郷用水路の小川の土手から、当地の人達がこの地から再度引き揚げ、地元の『正楽寺』に移しました。

住職の話によりますと、十一面観音様は古くには戦乱のさなか、義貞が村人のためにたてたと言う伝説にふさわしく、また子供達と長い間遊んでくれたせいもあって、お顔もすり減って石椿状態になってしまったありがたいお姿だと話してくれました。そして、当地の二本の白梅の大木から、わずか二〇〇メートル左へ下った所に「観音下」との地名が、当地主の土地登記謄本に記されてある事実を僕に見せてくれました。

そして現在の当寺の住職は地元の中等科の先生を歴任されており、当寺に子供達が集う『二葉子供会』という子供会を作り、一〇〇名ほどの子供達を集め、寺の境内で『歌』や『遊戯』を踊ったり楽しんでいます。子供達だけでなく、親も数人参加し、通学路の脇にきれいな草花を植えている。僕ももちろん参加し、楽しい一時を過ごしたことがある。

また住職は毎年仏教から伝わる四月八日を「花祭り」として、お釈迦様が上下に手を広げた黒色の小さな立ち像に『あま茶』を掛け、そしてそのとてもおいしいあま茶を、ヒシャクでくんで飲んでおりました。この時代は甘い物が不足していたので、皆必ず飲んでいました。

しかしこんな幸せになる前に、悲惨な『戦乱』もありました。この地は首都防衛の要塞として自宅から五〇〇メートル北側に飛行場が建設されており、戦争末期、僕は四才で、綿入りの防空頭巾を被せられ、上空を低空で飛ぶ飛行機が飛行場を爆撃し、近くにある漬け物工場の大きな樽に爆弾が落下すると大爆発し、我が家の壁を突き破り、家に飛び込み地上にはいられない状況が続いた。怖くて怖くて母の袂にぶら下がり、防空壕に即座に逃げ込んだ。約半年間続いた恐怖であり、夏は地下の暗い防空壕は暑く、おにぎりと水をいつも袋に入れていた。まだまだ色々ありますが、母が実体験を語る方がわかりますので、僕は聞き役になります。

母はまず戦前の飛行場造りについて厳しく教育を受け、大きな問題を指摘した。まず飛行場建設に地元の小中学校の生徒を『学徒動員』し、約三年間、午前中慣れない『シャベル』や『鍬』『ツルハシ』など持たせられ、大変な労働を強いられ、学業に専念する状態ではなく、子供達にとっては一番大切な『基礎教育』ができる状態ではなかった。先生は不足している教育の補填はなかなか上手にできなかったが、子供の一〇パーセント位はやや問題の生徒がいたので、自宅で親の協力をお願いしていた。しかし、この時代は個人的な不満は一切聞いてくれなかったと、当時の先生は『不幸』な事態に翻弄されていたのは事実で、「個人の意志はすべて無視」の軍国主義的世間の動きでした。

そして飛行場は開戦の直前に完成したのでしたが、この飛行場を使う肝心の飛行機は模型の竹で造った物で、戦うための物は別の大木の下に置いていて、最終戦に備えていたのでした。開戦後半になると、表面では『全国民勝つ』と洗脳されて、国民は信じて戦っていたが、この飛行場一つとっても、戦う態勢は現場にはなかったように見受けられた。しかし、そんな事を語ったら非国民扱いにされ、極刑にされてしまうので絶対禁句であった。とても厳しく言論まで統制されていたのである。

遠方より上空に戦闘機が近づくと、空襲警報が発令され、学校で勉強している生徒達は即時学校から帰り、手作りの地下防空壕に身を隠した。やがて低空飛行で投下された爆弾でその都度被害があり、終戦五ヵ月前までは毎日のように学校の授業を中止して帰宅せざるをえなかった。爆弾は歩いている人まで狙って撃っていた。

繰り返しますが、ほとんど毎日午前中に空襲警報が発令され、学校で学んでいる生徒は授業を中断して、度々地下防空壕に身を隠し、特に末期の空襲は海上沖合の島々から飛び立つ哨戒機が、低空で飛行場周辺を完全に破壊、爆風による破片が飛び散り生命の危険は常であり、学校での教育は中断された。この間、基礎教育が『完全に』切断され、親は男性についいては将来を考え、自宅で再教育していたようでしたが、女子についいては、嫁に行くと言う事で多少救われたと言っていたが、この地域の基礎教育が『ズタズタ』に切られた。そのため、戦後、『事情も知らず』に子供や孫達に『バカ呼ばわり』されているのを聞き、誠に遺憾であり、この教育についいて一切語られていないのは『残念』『無念』でならないと、母は強調していた。一例ですが、教育に熱意ある長野県では、陸軍松本飛行場造りに学徒動員を命じられ、やはり慣れない重労働をしていたが、先生は基礎教育の中断を取り戻すために森の林の木に黒板を持参して、将来のある子供達に教えていたとの事実も知りました。誠にすばらしい努力に、母は讃辞を送っていたので、僕は母の教えに思わず拍手してしまいました。

終戦直後、東京を始め食料の生産をほとんど出来ない都市は食料不足に陥り、貧しい生活の始まりでした。

父と一緒に僕は東京青山の親戚の家に行き、現実を知り、戦争の悲惨さなどに驚きました。二メートルの高い『塀』に囲まれた邸宅から、戦前我が家に疎開して、身の安全は守られましたが、しかしあの戦後の東京に出掛けて行ったが、広い邸宅は跡形も無く、焼き尽くされて小さな仮設住宅が造られていた。

僕は母が準備した少しの野菜をはじめ、食料に飢えた子供に差しあげて、「本当にありがとう」の声に父は涙をこぼしていた。両親を始め長男『ろくちゃん』も喜ぶ子供の姿は、僕には特に印象的でした。

近くで小物入れを持った行列は、少量の砂糖や果物などを求めている。自宅に住む母から毎月色々『米』以外の食料品を送り届けてもらい、母は人助けになればと努力している姿に、心から湧き上がる感情を押さえきれなかった。一部の子供は履物がなく、地下タビを履いている様子も見られた。そして子供達の栄養失調を気にしている親の姿は本当に貧しい経験に学んだ勤勉な日本人であり、特に東京など大都市の多くの人々は早々に復興し、多大な努力を注いでみごとに生活を立て直した。

母の『人道愛』は、少々発揮されたのでしょうか。

母は久々に松太にきっちりとした教えをし始めていた。「他の子供に対して教えられるような、一歩前進した子供に成長して、将来母の教えが必ず役立てば幸せよ!!　今後年令や性格にあった家庭の教えをしますよ。そして『正直』に言える心を持ちなさいよ。そして他人から学び、自ら勇気と希望を持って実行できる松太に期待してますよ!!」。

「母さんがこの先年を重ねても、松太と新五が成長し大人になり『子供の頃』大自然の美しい爽やかな春の好天の日、そよ風を全身に受け、小花や小動物と触れ合いながら三人揃って手を繋ぎ、思い出深き『叙情歌』でも歌いながら、皆元気な出合いを期待しましょうね!!」。

表紙は語る

この画像は著者が制作した作品です。「母親の大正ロマン町娘」の題名で、二〇一四年一一月、太陽美術協会、清水源会長のご尽力により「フランス官展ル・サロン展」に入選した大作を縮小し、表現致しました。

著者紹介

堀口 進（ほりぐち すすむ）

1941年生まれ。

- 国立群馬大学中退
- NPO法人インディアンオーシャン支援機構顧問
- あじさい大学運営委員歴任
- 日活映画『死ガ二人ヲワガツマデ』（主演AKB48藤江れいな）出演作品芸術に協力する
- 2012年　少年時代憧れのフランス絵画展ル・サロン展入選（グランバレー宮殿展示）以後順調に入選を続ける

母親の美学　厳しい時代、母と子供が過ごす愛と感動の物語

2020年9月10日　第1刷発行

著　者　堀口 進

発行者　池上 淳

発行所　株式会社 **翔雲社**

〒252-0333　神奈川県相模原市南区東大沼2-21-4

TEL　042-765-6463　　FAX　042-701-8611

振替口座　00200-6-28265　　ISBN 978-4-434-27939-3

URL　https://www.shounsha.co.jp

E-mail　info@shounsha.co.jp

発売元　株式会社　星雲社（共同出版社・流通責任出版社）

〒112-0005　東京都文京区水道1-3-30

TEL　03-3868-3275　　FAX　03-3868-6588

印刷・製本　株式会社 丸井工文社　Printed in Japan